LE PAIN DES FOSSOYEURS

FRÉDÉRIC DARD

LE PAIN DES FOSSOYEURS

ROMAN SPÉCIAL-POLICE

ÉDITIONS FLEUVE NOIR
69, bd Saint-Marcel -PARIS XIIIe

ISBN : 2-265-00118-X

Les personnages de ce livre, ainsi que les noms qu'ils portent, sont fictifs. Toutes ressemblances avec des personnes existantes seraient le fait du hasard.

F. D.

A François RICHARD,
pour le remercier des corrections qu'il m'a administrées.

F. D.

PREMIÈRE PARTIE

CHAPITRE PREMIER

Il faut avoir patienté devant une cabine téléphonique occupée par une femme pour vraiment mesurer à quel point le beau sexe est bavard.

Cela faisait dix bonnes minutes que j'attendais mon tour dans ce bureau de poste de province sentant le triste, avec, comme seul soutien, le regard compatissant de la standardiste, lorsque la dame de la cabine a enfin stoppé son bavardage tarifé.

Comme il s'agissait d'une cabine pourvue de verres dépolis, je n'avais pu jusque-là me faire une idée d'elle qu'à travers sa voix.

Et je ne sais pourquoi, je m'étais attendu à voir sortir une petite personne boulotte et gauche. Mais lorsqu'elle parut, je compris combien il est prétentieux de vouloir reconstituer un être d'après sa voix...

En réalité, la personne devant laquelle je m'effaçais était une femme d'une trentaine d'années, mince, blonde, avec des yeux bleus un peu trop grands.

Si elle avait habité Paris, elle aurait eu ce qui lui manquait le plus, à savoir un certain sens de l'élégance. Le chemisier blanc qu'elle portait, son tailleur noir surtout, exécuté par une vieille couturière abonnée à l'*Écho de la Mode*, faisaient perdre à sa silhouette les huit dixièmes de son efficacité. Il fallait vraiment aimer les femmes, comme c'était mon cas, pour voir que celle-ci, sous ses vêtements mal coupés, avait une taille comme un rond de serviette et des formes admirables...

Je la regardai s'éloigner lorsque la préposée au téléphone m'a crié d'une voix triomphante :

— Vous avez Paris !

« Avoir Paris », en l'occurrence, consistait à entendre la voix cassée de mon ami Fargeot assaisonnée de grésillements insupportables...

A cause de l'Inter, il savait déjà que c'était moi...

— Salut, Blaise ! j'attendais ton coup de tube... Alors ?

Je ne répondis pas tout de suite... Dans la

cabine flottait un curieux parfum qui m'émouvait étrangement. Je le humais en fermant à demi les yeux... Il me faisait évoquer beaucoup de choses incertaines, fragiles... Des choses floues, des choses passées qui n'existeraient plus jamais et qui me donnaient comme une envie de pleurer...

La voix de Fargeot grésillait comme un beignet dans de l'huile bouillante.

— Alors quoi, réponds ! Allô ! Je te demande...

— Non, Vieux, ça n'a pas marché... La place était déjà prise...

Son silence navré m'a apporté une nouvelle preuve de l'intérêt qu'il me témoignait. C'était un chic type... Il m'avait avancé l'argent du voyage après m'avoir signalé cette offre d'emploi...

— Que veux-tu, l'ai-je consolé, je fais partie de ces gars qui arrivent toujours trop tard aux distributions...

Il m'a engueulé.

— Avec une mentalité pareille tu n'arriveras jamais à rien, Blaise ! T'as la psychologie du paumé ! Tu te gargarises avec du renoncement... Plus la vie te file de coups de pied aux fesses, plus tu es content... Un masochiste, voilà ce que tu es...

J'ai attendu que cet impulsif ait déversé sa rancœur.

— Tu crois que c'est le moment de psychanalyser, Vieux ?

Ça lui a cloué le bec. Changeant de ton, il s'est informé :

— Tu rentres quand ?

— Le plus tôt possible... Ce bled ressemble à une Toussaint pluvieuse...

— T'as de quoi bouffer au moins ?

— T'occupe pas, mon estomac a des ressources ignorées...

— Bon, je t'attends ce soir pour dîner... Te décourage pas, Blaise... Tu es au courant de la loi d'Azaïs ?

— Oui, fifty-fifty emmerdements et délices... Si c'est exact, comme j'ai trente ans, ça indiquerait que je suis au moins certain de vivre jusqu'à soixante !

Là-dessus, j'ai raccroché, parce que la sonnerie annonçant la fin des trois minutes unitaires retentissait dans l'écouteur.

En me retournant pour sortir de la cabine, j'ai senti quelque chose d'insolite sous mes pieds...

C'était un petit portefeuille en croco. Je l'ai ramassé en me disant qu'il devait contenir n'importe quoi sauf du fric. Le hasard m'avait déjà mis des porte-monnaie sous les pieds à des moments de ma vie où ça me faisait rudement plaisir d'en trouver ; mais jusqu'alors ceux-ci n'avaient contenu que des médailles pieuses, des boutons de culotte ou des timbres étrangers sans valeur…

Néanmoins je le glissai dans ma poche avant de sortir et j'allai payer ma communication à la standardiste tout en supputant le contenu de ma trouvaille…

Vivement je quittai le bureau de poste… La gare n'était pas très loin… Comme c'était mon seul objectif, j'y allai à pas rapides. Je retardais l'instant de l'inventaire, comme à plaisir, histoire de m'offrir quelques savoureuses minutes d'espoir. Mais, arrivé à la gare, au lieu de prendre mon billet de retour, je me hâtai vers les toilettes…

J'ouvris fiévreusement le portefeuille et la première chose que j'y découvris, ce fut une liasse de huit billets de mille francs pliés en quatre…

« Mon petit Blaise, pensai-je, voilà le lot de consolation... »

Je poursuivis mes investigations. Dans les autres compartiments, je dénichai une pièce d'identité au nom de Germaine Castain. La photo de la femme blonde y était collée... Là-dessus elle était plus jeune et moins jolie que tout à l'heure... Je regardai l'image, captivé, soudain, par le regard triste de la femme...

Je trouvai, en outre, dans la poche à billets, une minuscule photo d'homme. Elle représentait un garçon de mon âge, aux traits massifs... C'était tout ce que contenait le portefeuille. Je m'apprêtais à jeter l'objet dans la cuvette des closets après avoir naturellement prélevé l'argent providentiel qu'il contenait, lorsque je me suis souvenu des grands yeux mélancoliques de la femme...

Je n'ai pas été toujours très honnête au cours de ma vie, et les scrupules ne m'ont jamais empêché de dormir lorsque j'avais sommeil; pourtant, je crois m'être toujours montré galant vis-à-vis des femmes.

Je ressortis avec le portefeuille... Un employé balayait sans joie le carreau des toilettes.

Je l'abordai.

— Dites-moi, vous connaissez une dame nommée Germaine Castain ?

— Rue Haute ?

Cette adresse figurait en effet sur la carte. J'esquissai un bref hochement de tête.

L'employé attendait une suite, appuyé sur son balai. Il avait un petit regard noyé d'ennui...

— Elle... elle vit seule ? demandai-je après une courte hésitation.

Cette seconde question parut le surprendre.

— Ben non, fit-il, presque sur un ton de reproche... Elle est mariée aux Pompes funèbres...

Ce fut à mon tour d'être ahuri.

— Au quoi ?

— Aux Pompes... Enfin, à Castain, le directeur... Vous ne connaissez pas Castain ? Un sale poupon, çui-là encore...

Il venait de lâcher son « encore » d'une voix lourde de sous-entendus. J'ai compris que pour cet homme de peine le monde était peuplé de « sales poupons ».

— Pour aller rue Haute, par où passe-t-on ?

— Vous traversez la place de la Gare... Vous prenez la rue Principale à droite... Et puis vous la suivez jusqu'à ce qu'elle grimpe... C'est à partir de là qu'elle s'appelle rue Haute !

Je le remerciai d'un petit geste cordial, et je partis, avec le regard incertain de l'employé accroché dans le dos.

***

Ma première réaction, lorsque à la manufacture de Caoutchouc on m'avait répondu que l'emploi auquel je postulais était pris, avait été un sentiment d'intense soulagement. La province ne m'émeut pas ; bien au contraire, elle m'oppresse. En arpentant les petites rues de la ville, j'avais l'impression de m'enfoncer dans un tunnel et l'idée de vivre ici m'avait terrorisé... Ce n'est qu'après, en réalisant que je me trouvais sans situation, sans avenir, que j'avais vraiment regretté d'être arrivé trop tard.

Je remâchais mon amertume en gagnant la rue Haute d'une allure de flâneur. Quel bon diable me poussait donc à aller restituer ce portefeuille ? Les huit mille francs représentaient une aubaine pour moi, alors qu'ils ne devaient pas affecter le budget de cette petite bourgeoise mal fagotée... J'avais beau y réfléchir, je ne parvenais pas à comprendre mon attitude.

Un hasard bienveillant me donnait de quoi tenir le coup quelques jours, et je repoussais l'aubaine ? Était-ce par besoin d'épater la femme au méchant tailleur noir ? Ou bien...

Avec le recul, je crois que je faisais une crise d'honnêteté plus à cause de la ville que de Germaine Castain... J'avais besoin de me fabriquer un joli souvenir, capable de combattre la désillusion que venait de me causer ce pays accroupi dans sa tranquillité...

Au bout d'un moment, je m'aperçus que la rue principale se mettait à monter sérieusement, et une plaque émaillée m'apprit qu'elle s'appelait déjà la rue Haute...

Midi sonnait un peu partout avec des voix différentes... Il y avait beaucoup d'animation dans cette artère essentielle de la localité... Elle sortait un peu de sa léthargie coutumière. J'aperçus, sur le trottoir d'en face, un vilain petit magasin noir dont la porte s'ornait, si l'on peut dire, d'une couronne mortuaire peinte en vert moisi. Des lettres blanches annonçaient : « Entreprise Funéraire... »

Je m'arrêtai, indécis... Je pouvais encore faire

demi-tour et aller tranquillement prendre mon train...

J'aperçus alors, embusqué derrière la vitre, un petit homme sale et jaune qui regardait les passants comme s'ils eussent été des morts en puissance, ce qui d'ailleurs était le cas.

« Le mari », me dis-je...

Il ressemblait à un vieux rat malade. La femme blonde ne devait pas rire tous les jours avec un coéquipier pareil...

L'homme dégageait quelque chose de méchant. Ce fut, je crois, ce qui me décida... La possibilité de pousser ce bec-de-cane, l'occasion de pénétrer dans cet antre et d'y voir évoluer une jolie femme résignée valait bien huit mille francs...

Comme je traversais la rue, je pensai à la photographie qui se trouvait dans le portefeuille et je me dis que la femme blonde ne tenait pas fatalement à ce que son mari l'y dénichât... Je l'enlevai donc du compartiment pour la glisser dans ma poche... Puis je m'avançai vers la porte et refoulai le petit homme jaune à l'intérieur de son magasin. Le dedans était plus pénible encore que l'extérieur... C'était exigu, sombre, lugubre et cela sentait la mort... Il y avait des faire-part sur les murs, ainsi que des poignées de cercueil, des crucifix de perles ou de métal, des écussons de marbre et des fleurs artificielles qui évoquaient plus ou moins un bizarre tir forain. Je me suis immobilisé, regardant le petit homme jaune. Il avait des cheveux gris, coiffés plat, un nez pointu au bout rouge, et des yeux prompts. Ses lèvres minces se sont tordues pour composer ce qu'il espérait être un sourire de bienvenue...

— Monsieur ?

— Pourrais-je parler à Mme Germaine Castain ?

Ça l'a stupéfié. De toute évidence, jamais personne n'était venu réclamer son épouse. J'ai cru qu'il allait me demander des explications, mais il s'est ravisé et il est allé jusqu'à la petite porte du fond.

Quand il l'a ouverte, une odeur de viande frite est venue me caresser les papilles.

— Germaine ! Tu as une seconde ?

A sa voix, j'ai senti qu'il ne devait pas être tendre avec sa femme. Le coeur battant, — Dieu sait pourquoi ! — j'ai fixé la porte.

Elle avait troqué son tailleur noir contre une jupe imprimée qui lui allait beaucoup mieux. Elle avait noué par-dessus un petit tablier bleu grand comme deux mouchoirs de poche... Je l'ai trouvée cent fois plus jolie, ainsi attifée.

— Monsieur voudrait te parler ! a grincé Castain...

Elle a rougi et m'a considéré d'un œil craintif. Je devinais, à son regard, que ma personne lui disait quelque chose de confus, mais qu'elle ne parvenait pas à me situer...

— J'ai trouvé un portefeuille vous appartenant, ai-je murmuré en tirant l'objet de ma poche...

Elle est devenue un peu pâle.

— Mon Dieu ! a-t-elle soupiré, je l'avais donc perdu !

Naturellement, le marchand de cercueils s'est fichu en rogne.

— Décidément tu ne changeras jamais, ma pauvre Germaine...

Il est devenu volubile...

— Comment vous remercier, monsieur ? Il y avait de l'argent dedans ?

— Oui.

Il a littéralement arraché le portefeuille des mains de sa femme. La pâleur de celle-ci s'est accentuée. J'ai pensé que j'avais rudement bien fait d'ôter la photo du garçon aux traits massifs... Pour l'instant, elle était mieux à sa place dans ma poche que dans le portefeuille de Mme Castain... Effectivement, le croque-mort a exploré à fond la pochette de crocodile...

— Huit mille francs ! a-t-il soupiré... Eh bien, on peut dire que vous êtes honnête, monsieur...

Ce cri du cœur m'a fait rire...

— Tu pourrais remercier monsieur ! s'est exclamé Castain...

— Merci, a-t-elle bredouillé.

Elle paraissait sur le point de défaillir.

— Il n'y a vraiment pas de quoi, c'est tellement naturel...

— Où l'avez-vous découvert ? s'est enquis le mari.

Sa voix était chargée de doute. La femme m'a lancé un regard désespéré.

« D'accord, ai-je pensé, tu ne veux pas que je parle de la cabine téléphonique, ma jolie... »

Instantanément, je venais de faire le rapprochement entre la petite photographie et le coup de téléphone.

— Je ne saurais vous dire, ai-je répondu... Je ne connais pas la ville.

J'ai complété par un geste vague...

— Par-là, dans la rue...

Je n'oublierai jamais le regard éperdu de reconnaissance qu'elle m'a décoché... Je venais de lui rendre goût à la vie... Castain a insisté pour m'offrir l'apéritif. Je me suis laissé faire... Ça faisait un bout de temps que je n'avais pas mis mon nez dans un verre d'alcool et j'en avais rudement besoin.

Nous avons quitté le magasin, longé un étroit couloir éclairé par une faible ampoule, et enfin débouché dans une salle à manger triste à hurler...

— Asseyez-vous, je vous en prie !

J'avais plutôt envie de ficher le camp. Cette salle à manger ressemblait à un tombeau. Elle était longue, étroite, et ne prenait jour que par une sorte de vasistas donnant sur une cour. Les meubles n'étaient ni mieux ni pires que ceux que l'on trouve dans les intérieurs de petits boutiquiers de province, mais entre ces murs tapissés de papier jaunâtre, couleur de maladie incurable, chacun d'eux évoquait plus ou moins un élément de décoration funéraire. Comment diantre une femme pouvait-elle exister dans un décor pareil ?

Castain me fit asseoir et me versa un verre d'un liquide bilieux qu'il présenta sous le qualificatif ingénieux d'« apéritif maison ». C'était amer et sucré à la fois, je n'avais jamais avalé de médicament aussi épouvantable...

In petto, je m'injuriai pour mon honnêteté, tandis que ce rat de cimetière me congratulait à ce sujet. Dans le fond, la situation ne manquait pas de sel.

— Alors, comme ça, vous n'êtes pas d'ici ? demanda l'homme jaune.

— Non... de Paris.

— Vous êtes représentant ?

— Je voudrais bien... C'est même dans cet espoir que je suis venu dans votre ville... Un ami m'avait signalé que la manufacture de Caoutchouc cherchait un démarcheur... J'ai travaillé déjà dans l'industrie chimique...

Il y avait une obscure réprobation dans sa voix lorsqu'il m'a demandé :

— En somme, vous êtes sans travail ?

— En somme, oui... Il y a deux ans, j'ai quitté mon emploi à Paris pour m'associer avec un filou qui prétendait créer une entreprise de travaux publics au Maroc... Les rares valeurs que je possédais y sont passées... Deux ans durant je me suis morfondu dans un petit bureau à Casablanca... Il y faisait une chaleur à périr et je ne voyais jamais personne, pas même mon associé... Je suis rentré le mois dernier... J'avais essayé de trouver du boulot là-bas, mais avec les événements, le Français est une denrée qui se case de plus en plus mal... Bref, me revoilà en France, sans un sou, sans travail... Ça n'est pas drôle...

— Vous êtes marié ?

— Heureusement non !

Ça m'était parti du cœur. Vivement je me suis tourné vers la jeune femme qui se tenait immobile contre le chambranle...

— Je veux dire « heureusement » pour la femme qui aurait pu m'épouser, ai-je rectifié...

Elle m'a souri. C'était la première fois, et il m'a semblé qu'un rayon de lumière éclairait la pièce.

— Ça n'a pas marché ici, la place ? a demandé le croque-mort.

— Ils venaient d'engager un postulant plus rapide que moi...

— Vous auriez aimé travailler dans la région ?

— J'aimerais travailler n'importe où... Particulièrement ici... Le pays me plaît... Je raffole de la province...

Ça, naturellement, c'était du chiqué, je disais ça uniquement pour leur faire plaisir.

Il a saisi son infâme bouteille d'apéritif maison !

— Encore une petite larme ?

Décidément il avait le langage de la profession.

— Non, sans façon, je ne bois jamais...

D'un battement de cils, il a marqué une nette approbation.

— Vous avez raison... Je vois chez moi : mon père était un alcoolique, et c'est Achille Castain qui paie les pots cassés...

Et d'ajouter avec un certain orgueil qui pourtant ne s'imposait pas : « Achille, c'est moi... »

Le moment était venu de prendre congé. La femme venait de refiler à son fourneau...

— Eh bien, monsieur Castain, ravi d'avoir fait votre connaissance...

— Encore merci...

Nous nous sommes serré la main avant d'être au seuil du magasin. La sienne était sèche et froide...

Il ne m'a pas lâché. Ses doigts ressemblaient aux serres d'un rapace.

— Dites donc, monsieur...

Je me suis alors aperçu que je ne m'étais pas présenté.

— Blaise Delange...

J'attendais la suite, mais il paraissait hésiter. Ses petits yeux prompts avaient quelque chose d'indécis qui ne devait pas leur être coutumier.

— Vous alliez dire quelque chose ?

Il m'examinait consciencieusement, de la tête aux pieds, sans nulle gêne. Je me suis retenu pour ne pas l'envoyer aux prunes.

— J'aurais peut-être une proposition à vous faire...

— A moi !

— Oui, ça vous surprend ?

— Mon Dieu... ça dépend de quoi il retourne ?

La femme blonde est revenue de la cuisine après avoir versé un peu d'eau sur son rôti de veau.

— Vous partez ? a-t-elle questionné...

Sa voix contenait un vague regret. Ses grands yeux bleus semblaient plus navrés encore...

— J'ai un train à prendre et...

Mais le mari est intervenu.

— Sais-tu à quoi je pensais, Germaine ?

En réalité, c'était à moi qu'il s'adressait ;

seulement parler à sa femme simplifiait les choses...

Il s'est raclé la gorge. Son regard est devenu oblique.

— J'ai besoin de quelqu'un pour me seconder, car ma santé laisse à désirer... Puisque monsieur cherche du travail... Il me semble que... qu'en attendant un emploi dans ses cordes...

Je vous jure que j'ai eu envie de rire. C'était vraiment la proposition la plus extraordinaire qu'on m'ait jamais faite ! Moi, croque-mort ! Je m'imaginais avec un bicorne et des chaussures à boucles, la cape noire sur l'épaule, marchant devant un enterrement ! Non, c'était trop farce...

Je me suis retenu de rire cependant.

— Vous seconder en quoi ? ai-je demandé... J'ignore tout de votre profession, monsieur Castain, sinon qu'elle n'est pas très drôle...

— Vous faites erreur, elle en vaut une autre !

Bon, je l'avais froissé. Comme tous les gens malades de l'estomac, il était d'une susceptibilité excessive.

— Je ne le nie pas, pourtant je persiste à

croire qu'elle nécessite certaines... heu... aptitudes que je suis loin de posséder...

— Mais que vous pouvez acquérir... Certes, il n'est pas question que vous organisiez des cortèges, mais notre métier comprend un certain côté démarchage qui me fatigue... Notre travail, voyez-vous, commence par un catalogue... Nous vendons du tangible, monsieur Delange... Avez-vous peur des morts ?

En un éclair, j'ai passé en revue les défunts de ma connaissance.

— Peur n'est pas le mot... Je... Ils m'intimident...

— On se débarrasse aisément de cette timidité-là, croyez-moi. J'étais comme vous au début... Et puis, l'habitude...

Il a haussé les épaules...

— Je sais bien, le profane se fait un monde de notre profession... Ou plutôt il a peine à admettre que ce soit une profession normale... Pourtant je peux vous assurer que le pain des fossoyeurs a le même goût que celui des... des autres !

A cet instant, le téléphone a retenti dans le magasin et il est allé décrocher...

Je me suis retrouvé seul avec la femme. J'ai puisé la photographie restée dans ma poche et je la lui ai tendue furtivement.

— Tenez, avant que je parte...

Elle l'a enfouie prestement dans l'échancrure de son chemisier.

— Merci, a-t-elle balbutié...

Nous sommes demeurés un long moment face à face, sans parler. C'était le genre de femmes qu'on a envie de voir un peu malheureuses pour pouvoir les consoler. Le déclic annonçant la fin de la communication a retenti.

— Restez ! a-t-elle soupiré...

L'a-t-elle réellement prononcé, ce mot, je l'ignore... Même à présent je me demande si je ne l'ai pas deviné plutôt qu'entendu. Il m'a embrasé le sang.

Castain revenait, l'air satisfait.

— On me téléphone pour un client, a-t-il jubilé. Ce qu'il y a de bon dans notre profession, c'est que nous sommes à l'abri du chômage, vous voyez... Bien sûr, nous avons eu un petit creux au moment de la pénicilline et les sulfamides nous font un certain tort, mais à part ça...

— Que décidez-vous ?

Je devinais les yeux intenses de la femme posés sur moi. Je n'ai pas osé la regarder...

— On peut toujours essayer, ai-je soupiré.

CHAPITRE II

Naturellement il ne me proposait pas le Pérou : vingt mille francs par mois, plus la nourriture à midi et un pourcentage ridicule sur les « affaires » que je réaliserais à partir d'une certaine classe.

Castain m'assurait que je pouvais ainsi améliorer ma mensualité d'une douzaine de mille francs. En tenant compte de ce fameux repas de midi, cela représentait un gain d'environ cinquante billets...

Le croque-mort m'assura que dans ce petit pays je vivrais comme un prince avec de tels revenus... Il connaissait un petit hôtel où je trouverais à me loger à bon compte... Bref, il me vantait cette nouvelle existence avec d'autant plus de fougue qu'il me voyait réticent.

— Et puis, conclut-il, après tout, si ça ne va

pas, nous sommes toujours à temps de reprendre nos billes, pas vrai ?

J'ai acquiescé.

— Bon, vous allez à Paris chercher votre malle et vous revenez ?

Je me suis dit que si je refichais les pieds dans la capitale, jamais plus je ne pourrais m'en arracher pour venir m'enterrer — ou plutôt enterrer les autres — dans ce bled.

— Pas la peine, j'ai un camarade qui pourra m'expédier mes effets... Si vous le permettez, je puis lui téléphoner...

— Appelez-le tout de suite.

Castain était ravi. Sa femme a rajouté un couvert tandis que nous attendions la communication. La bonne odeur de viande me mettait de l'émoi au ventre. Depuis quelque temps je m'alimentais de façon sommaire, et un vrai repas me tentait.

J'ai eu Fargeot et, en deux mots, lui ai expliqué que j'avais trouvé une situation d'attente.

— Dans quelle branche ? s'est-il inquiété.

— Les Pompes funèbres !

— Non, parle sérieusement...

— Mais c'est très sérieux... Je vais vendre des

cercueils, mon vieux. Tu peux pas savoir ce qu'on en fait de jolis...

Tout en parlant, je regardais les « échantillons » épinglés aux murs du sinistre magasin.

— ... Au point, ai-je poursuivi, que ça vous fait mal au cœur de planter ça dans la terre...

Nous nous sommes mis d'accord au sujet du règlement de ma pension de famille, boulevard de Port-Royal, et il m'a dit que le jour même il s'occuperait de m'adresser ma valise...

Rassuré sur ce point, j'ai rejoint mes hôtes à table...

***

Le repas a été cordial. Castain était surexcité par ma présence.

— A propos, vous savez conduire ?

— Oui, pourquoi ?

— Je pense au fourgon... Naturellement, pour les services j'ai quelqu'un, mais il travaille en extra... A côté de ça il y a des transferts privés, vous comprenez ? Des changements de sépultures, des dépôts à la morgue...

Germaine Castain me lançait des encouragements muets. Elle devinait à quel point un tel langage me paraissait barbare et s'appliquait à l'adoucir comme elle pouvait. Et elle pouvait beaucoup. Je crois qu'elle avait compris que j'avais accepté à cause d'elle. Ça facilitait les choses entre nous deux, dans un sens... Mais ça les compliquait bougrement dans un autre !

J'avais hâte de me trouver seul un bon bout de temps avec elle pour la questionner sur sa vie. Ce couple étrange cachait un mystère... que j'avais hâte de percer.

Mais le tête-à-tête espéré ne se produisit pas ce jour-là ! L'après-midi, Castain m'emmena d'abord à l'hôtel de la Gare où, arguant de son amitié pour le gérant, il obtint de celui-ci une chambre donnant sur la rue, pour le prix de celles donnant sur la voie !

Ensuite nous allâmes chez les clients qui avaient téléphoné le matin.

Ceux-ci étaient des gens riches, je crois me rappeler qu'ils exploitaient une scierie. Le grand-père était décédé au petit jour. Avant de passer leur seuil, mon « patron » me donna un cours de psychologie appliquée.

— Voyez-vous, Delange, me dit-il, ici il n'y a rien à espérer sur le plan affaires. Ce sera une avant-dernière classe et un cercueil de misère...

— Qu'est-ce qui vous fait prévoir ça ?

— Le fait qu'il s'agisse d'un grand-père... Voilà dix ans qu'ils le font bouffer à la cuillère et qu'ils lui changent ses draps trois fois par jour... S'ils pouvaient, ils le colleraient à la poubelle ! Vous allez voir !

Il a actionné un vieux heurtoir de bronze et une servante toute ridée est venue nous ouvrir en se croyant obligée de pleurer. Elle nous a guidés à la chambre mortuaire où la famille montrait le défunt aux voisins et racontait sa mort pour la vingtième fois...

Le fils du mort, un gros type sanguin, aux cheveux déjà blancs, nous a entraînés dans la salle à manger... Il a mis d'autorité trois verres sur la table et s'est emparé d'une vieille bouteille de Bourgogne qui chambrait à notre intention. Tandis que le maître de maison s'affairait à chercher un tire-bouchon, Castain m'a soufflé à l'oreille :

— Ce sont ces salauds-là qui me tuent avec leur manie d'offrir à boire... Et pas moyen de refuser, ça les vexe...

— Passons aux cruelles nécessités de l'heure, a-t-il déclaré d'un ton récitatif.

Sa mine faussement désolée m'a donné le fou

rire. Il s'en est aperçu et m'a lancé un coup d'œil furibond.

Il extrayait de la serviette un petit carton à dessins contenant des photographies de bières, de catafalques, de crucifix et autres quincailleries funéraires...

— Que prévoyez-vous, monsieur Richard ?

Le gros sanguin a hoché la tête.

— Le strict nécessaire, a-t-il déclaré sans ambage... Vous connaissiez mon père ? Il avait des goûts simples...

Nouveau regard entendu de Castain. Dans ses yeux il y avait écrit, en lettres capitales : « JE VOUS L'AVAIS DIT. »

Il a soupiré tout de même :

— Vous croyez ?

Je me suis dit que, pour discuter affaires, c'était un vrai manche. Ça m'a fichu en colère.

— Monsieur Richard, ai-je attaqué, le strict nécessaire, c'est de votre ressort... Vous avez des planches et il vous suffit d'en assembler quatre pour l'obtenir... Nous, au contraire, ce que nous vous apportons, c'est un ultime moyen de rendre hommage à votre père, et de prouver à vos proches que vous le considériez comme autre chose qu'un vieillard encombrant !

Castain en a eu le souffle coupé. Ses petits yeux mesquins se sont agrandis démesurément et je m'y suis vu, déformé, comme dans un miroir diabolique. Son soulier droit cherchait désespérément mon soulier gauche que j'avais eu soin de jucher sur un barreau de ma chaise. Quant à notre client, après avoir esquissé un haut-le-corps, il paraissait soudain très abattu.

— Bien sûr, marmonna-t-il... Bien sûr, je dis pas...

J'étais lancé et, à vrai dire, je sentais le bonhomme à ma main. Et puis, vis-à-vis de moi-même, je tenais à savourer l'humour de ce métier insolite.

— Mais si, monsieur Richard, justement, vous « dites »... Et vous dites « le strict nécessaire » ! Je ne vous ferai pas l'injure de croire que vous obéissez en pareilles circonstances à un souci d'économie, et vous ne me ferez pas celle de penser que je veux exploiter votre deuil... Pourtant voyons les choses en face. Vous venez de perdre celui à qui vous devez tout... Que penseraient les gens s'ils vous voyaient l'enterrer à la sauvette ? Hum ? Vous les connaissez ? Toujours prêts à papoter, à baver sur chacun... Ils diraient que vous êtes un ingrat, ou alors, ce qui serait pire pour votre standing, que vous n'avez pas les moyens de voir grand !

Ça lui est allé tout droit, non pas au cœur, mais à l'orgueil...

— Vous avez raison, a-t-il déclaré...

Et, à Castain :

— Il voit juste. Et j'aime les gens qui ont un franc-parler... C'est votre employé ?

— Oui, a fait Castain, ahuri de voir que je triomphais aussi aisément, il vient de Paris...

A partir de ce moment-là, il n'a eu qu'à sortir son carnet de commandes et à annoncer les prix... Le marchand de planches était mûr. Je crois que si nous avions eu la garde républicaine sur notre catalogue, nous la lui aurions vendue avec le reste !

En sortant de là, Castain est demeuré un long moment sans parler. Agacé par son silence, je l'ai provoqué :

— Alors, patron, que dites-vous de ce démarrage ?

Il s'est arrêté de marcher... Il a haussé les épaules et a murmuré :

— Vos méthodes sont un peu brutales... En tout cas, le résultat est sensationnel !

— N'est-ce pas la seule chose qui compte ?

— En effet... Mais il y a des gens qui se seraient rebiffés à la place de Richard...

— Et alors ? Quelle importance, puisque vous ne craignez pas la concurrence ? Non, monsieur Castain, la clientèle aime à être bousculée... La plupart des gens ne sont pas aptes à décider, alors ils vous sont reconnaissants de le faire pour eux...

Je ne l'ai pas tout à fait convaincu.

Il s'est enfermé dans un silence maussade jusqu'à la maison. Germaine gardait le magasin. Elle faisait de la comptabilité derrière un bureau à volet maculé d'encre. Lorsqu'elle m'a vu, son regard a eu une lueur de contentement.

— Il est formidable ! a déclaré Castain en accrochant son feutre à bords roulés à une manette de cercueil... Tu connais le gros Richard, de la scierie ? C'est un coriace, hein ? Eh bien ! il l'a eu en un tournemain !

Je ne m'attendais pas à une telle explosion d'enthousiasme.

— Vous restez à dîner ? a proposé le petit homme jaune.

J'ai évité de regarder la femme.

— Non... Ce qui est convenu est convenu, le

midi seulement... D'autre part, je suis très fatigué et je pense me coucher tôt...

Il n'a pas insisté.

— Comme vous voudrez... Voulez-vous une avance sur votre salaire ?

— Pas pour l'instant, nous en reparlerons...

— D'accord...

J'ai pris congé avec un vague sentiment de culpabilité vis-à-vis de la femme. En la quittant, il me semblait l'abandonner au fond d'un cimetière perdu, ou bien dans quelque musée des horreurs où son charme discret s'étiolait.

***

A l'hôtel de la Gare il y avait une salle à manger très conventionnelle, mais où flottait je ne sais quoi d'intime et de bon enfant. Cette atmosphère contrastait heureusement avec celle du magasin de Castain. J'ai pris un repas familial à table d'hôte, en compagnie de quelques représentants et d'un instituteur intérimaire.

Après avoir épluché une poire blette pompeusement appelée dessert sur le menu, j'ai éprouvé le besoin d'aller respirer ma solitude dans un coin d'ombre.

Du reste, il était trop tôt pour me coucher. Je décidai donc d'aller à la gare afin d'y acheter de quoi m'endormir, c'est-à-dire des revues et des cigarettes...

Il faisait une belle nuit de printemps, immense et bleutée, avec des étoiles inconnues et des senteurs qui passaient avec les frissons de la brise... Depuis le seuil de l'hôtel, je me suis mis à la respirer, cette nuit, presque voluptueusement. Elle me rassurait.

J'en étais à la troisième instillation lorsque j'ai perçu une voix dans le noir qui m'appelait :

— Monsieur Blaise !...

Je me suis tourné vers la droite. Il y avait une haie de troènes dans des caisses, qui bordaient une terrasse. J'ai distingué une forme et la tache claire d'un visage. La voix a répété :

— Monsieur Blaise.

Alors je me suis avancé dans l'ombre, et j'ai reconnu Germaine Castain.

Elle se tenait immobile contre le mur de l'hôtel, sous la fenêtre de la salle à manger. Elle avait un vieux manteau jeté sur les épaules, et ses cheveux, — peut-être à cause du vent léger — étaient en désordre... Son regard brillait étrangement. En y regardant de plus près, je vis qu'elle pleurait !

— Madame Castain ! murmurai-je, que se passe-t-il ?...

Au lieu de répondre, elle s'est dirigée vers le renfoncement de la place. A cet endroit, l'esplanade de la gare formait un cul-de-sac à cause de la voie ferrée... Il y avait le talus, des platanes, la construction cubique d'un transformateur électrique.

Nous nous sommes arrêtés derrière le transformateur. Tout à coup mon cœur s'emballait. J'avais envie de la prendre dans mes bras.

— Pourquoi pleurez-vous ?

— Je ne pleure pas...

— Mais si...

Elle a vérifié du bout des doigts.

— Excusez-moi de vous avoir appelé Blaise, je ne me souvenais plus de votre nom de famille...

— Au contraire, Ça me fait plaisir... Répondez, pourquoi pleuriez-vous ?

— Parce qu'il m'a encore battue !

Je n'en croyais pas mes oreilles.

— Il vous frappe ?

— Oui, souvent...

J'étais effaré. Certes, je me doutais que la vie avec Castain devait manquer de charme pour sa femme, mais de là à supposer qu'il la rouait de coups !

J'ai serré les poings.

— Cet horrible type ! Oser porter la main sur vous…

« Pourquoi vous frappe-t-il ? »

Maintenant son visage était grave. Elle avait repris le contrôle d'elle-même et paraissait pensive.

— Parce que, a-t-elle articulé enfin, parce que ça le soulage un peu, je pense. Les faibles se vengent de leur faiblesse sur ceux qui le sont plus qu'eux…

Je lui ai posé la question qui me démangeait ; et vraiment je ne pensais pas pouvoir la lui poser aussi crûment :

— Pourquoi diantre êtes-vous allée épouser ce type-là ? Il vous va comme des plumes à un lapin !

Un train est passé doucement, au sommet du remblai, dans un gros ahanement d'asthmatique… Son rougeoiement a embrasé le visage de Germaine, et j'ai vu que son regard avait une lueur plutôt mauvaise.

— Pourquoi une jeune fille épouse-t-elle un barbon ? C'est dans *La Veillée des Chaumières* qu'on trouve la réponse... J'étais jeune, j'ai aimé un garçon de mon âge... Il m'a fait un enfant... Sa famille s'est opposée à notre mariage et l'a envoyé quelque part à l'étranger pour qu'il oublie... Depuis que j'étais petite fille, Castain me coinçait dans les endroits sombres... Il a profité de l'occasion pour demander ma main à ma mère. La chère femme était pauvre, veuve, désespérée par ma faute. Elle a tellement insisté pour que je saute sur cette offre généreuse que j'ai accepté ! Seulement il faut se méfier des gens dévoués. Ce sont les pires salauds de la terre.

Dans sa bouche, le mot salaud prenait un sens disproportionné. Il résumait toute sa rancœur, tout son immense désespoir...

J'ai posé ma main sur son épaule. D'un mouvement brusque elle s'est dégagée.

Pour masquer ma gêne, j'ai demandé :

— Et alors ?

— Alors rien... De par son âge, sa situation et son faux grand cœur, il avait tous les droits... Il a commencé par m'emmener chez une vague accoucheuse spécialisée dans le... prématuré...

Je n'ai pas eu l'enfant. Castain gagnait sur tous les tableaux... Il m'a toujours traitée comme une chienne ! Maintenant, lorsque son humeur l'y pousse, il prend la première mauvaise raison venue pour me cogner dessus...

Cette histoire manquait de poésie. C'était un de ces drames à la Zola qui choque les beaux esprits et les vilains bourgeois.

Nous sommes restés un bon moment encore immobiles, sans parler... Un nouveau train est passé et chaque fenêtre de ses wagons a illuminé la belle figure triste de Mme Castain.

— Pourquoi ne l'avez-vous pas quitté ?

Elle a secoué ses cheveux blonds. J'ai senti une mèche sur mon visage et une fois encore j'ai résisté à l'envie de la prendre contre moi pour bercer sa peine.

— Voyez-vous, monsieur Blaise...

— Vous pouvez m'appeler Blaise tout court...

— Ça ne serait pas convenable...

— O. K., alors n'en dites pas davantage, tout s'explique... Vous êtes restée parce qu'un scandale suffisait à meubler votre petite vie végétative, non ?

J'avais parlé durement. Elle s'est écartée de moi.

— Pourquoi êtes-vous méchant ?

— Je ne suis pas méchant, mais indigné ! J'aime que mes contemporains aient un certain sens de la dignité... Je trouve dégueulasse que vous vous laissiez rouer de coups comme... comme une chienne, en effet !

J'ai cru qu'elle allait fuir, pourtant elle n'a pas bronché. J'ai poursuivi :

— D'ailleurs, si j'en crois... mon petit doigt, vous avez des compensations, non ?

— Que voulez-vous dire ?

— Je pense à la photographie que contenait votre portefeuille. Je pense aussi à votre coup de téléphone du bureau de poste, car c'est là-bas que je vous ai vue...

— Oui, je sais...

— Si je n'avais pas fait travailler mes méninges, j'allais donner de bonnes raisons à votre croque-mort pour vous flanquer la tripotée des grands jours, non ?

— En effet... Vous... vous êtes très intelligent, Blaise, et très sensible. Votre délicatesse...

— Oh, n'en jetez plus avec ma délicatesse... Répondez plutôt : vous avez un amant, hein ?

Une femme qui va téléphoner à la poste quand elle a le téléphone chez elle ne veut pas être entendue de son mari...

Sa voix s'est faite grondante.

— Parfaitement, j'ai un amant !

— Je ne vous le reproche pas. Je dirais même que je vous approuve entièrement...

— Merci ! a-t-elle dit ironiquement.

— Qui est l'heureux élu ?

Vous me croirez ou vous ne me croirez pas, mais la jalousie me mordait le ventre. Oui, j'étais jaloux de cette fille que j'ignorais douze heures auparavant...

— Toujours le même, a-t-elle répondu...

Je n'ai pas compris immédiatement.

— Hein ?

— Toujours le même... C'est le père de cet enfant que je n'ai pas eu...

Ma colère a jailli de nouveau, épanouie, véhémente !

— Quand je parlais de votre manque de dignité, je ne pensais pas qu'il fût aussi total... Alors, voilà un pauvre type qui vous laisse choir après vous avoir fait un gosse ; il vous laisse épouser ce grain de courge moisi qu'est Castain, il vous laisse dépérir au milieu de vos couronnes mortuaires, et ce porc continue à se... à se... à se gaver de vous !

— Taisez-vous !

Dans un souffle, elle a balbutié :

— Vous ne pouvez pas comprendre !

— Plaise à Dieu qu'il y ait quelque chose à comprendre !

— Il est malade... Depuis toujours... des crises d'épilepsie...

Je me suis tu. Le problème changeait d'aspect, mais continuait d'être insoluble à mes yeux.

— Vous êtes la maîtresse d'un épileptique ?

— Et alors ! C'est un homme comme les autres, non ?

Elle venait de me crier ça d'une voix déchirante qui m'a remué. J'ai hoché la tête.

— D'accord, c'est un homme comme les autres. Un homme qui a droit au bonheur. Un homme qui a des circonstances atténuantes... Mais l'humanité est moche, Germaine. Vous n'empêcherez jamais un homme normal de penser qu'il est dommage de voir une belle fille se donner à un malade !

Maintenant je me disais que le père Castain n'avait pas tellement eu tort de faire passer l'enfant ; dans mon for intérieur je lui votais des excuses...

Elle parlait... J'ai fait un effort pour écouter ce qu'elle disait...

— Il était beau. Je l'aimais depuis toujours... On me disait bien qu'il tombait du haut mal, mais je m'en moquais... Même lorsque j'ai assisté à une de ses crises je n'ai pas eu peur... Seulement, au moment de notre histoire, sa famille a profité de son mal pour l'éloigner... Il a eu une crise, on lui a fait des piqûres calmantes qui ont annihilé toute volonté en lui... On lui a raconté que je m'étais mariée avec un vieux grigou très riche, car Castain est riche... Maurice a prolongé son séjour en Suisse... Des années ont passé. Et puis son père est mort et il est rentré... Il y a quelques mois, je l'ai revu... Nous avons été invinciblement poussés dans les bras l'un de l'autre... Tout a recommencé...

Elle s'est tue. J'avais mal de savoir tout ça... Je me dis que dès le lendemain je ficherais le camp à Paris. Je ne me sentais pas capable de vivre dans un tel milieu...

— Dites donc, puisqu'il est de retour, votre Casanova, vous ne pouvez pas ficher le camp avec lui ?

— Non...

— Pourquoi ?

— Parce qu'il est ruiné... Son père est mort criblé de dettes. Maurice vit dans une chambre de bonne, sous les toits... Il fait de la photographie pour vivre, et il vit mal... Je... je l'aide...

De plus en plus gentillet ! Madame puisait dans le tiroir-caisse des Pompes funèbres pour nourrir le barbiquet ! J'étais écœuré... Tous les trois : Maurice, Germaine et le terrible Achille m'avaient l'air d'un fameux ramassis de pleutres, de lâches et de faisandés... Oui, ça manquait d'oxygène dans le coin...

Quelque chose m'a frappé :

— Pourquoi êtes-vous venue me raconter ça ?

— Eh bien, je...

— Allez, dites-le...

— Tout à l'heure, quand il m'a eu frappée, je lui ai dit que j'en avais assez de sa conduite... Je me suis sauvée... Pour... pour lui faire peur. C'est la première fois que j'agis ainsi... J'espère que ça le calmera. Mais je vais rentrer...

— Et pourquoi avez-vous osé, aujourd'hui ?

— A cause de vous. Depuis que vous êtes là, je me sens plus forte. Il me semble, d'ailleurs vous me l'avez prouvé, que vous êtes mon ami !

— D'accord, je suis votre ami...

— Alors je vais vous demander un autre service...

— Allez-y...

— C'est difficile à dire...

— Après vos confidences, je me demande ce qui peut être difficile à exprimer, mon petit !

— C'est vrai... Eh bien voilà : demain, c'est le jour de marché à Pont-de-l'Air...

— Où ça ?

— Pont-de-l'Air... Un gros bourg près d'ici... Le jeudi, je prends le car et je vais faire les provisions de la semaine parce que... les denrées sont moins chères qu'ici... Maurice habite Pont-de-l'Air...

— Compris... C'est donc le jeudi que vous faites vos galipettes !

Plus que le mot, mon ton sardonique l'a heurtée.

Elle a fait demi-tour et s'est éloignée dans l'ombre, à grands pas. J'ai eu un instant de stupeur, puis je lui ai couru après. Je l'ai saisie par le bras.

— Hé, attendez, Germaine ! Ne soyez pas susceptible à ce point ! Lorsqu'on réclame l'amitié d'un homme, on doit s'attendre à des brusqueries de sa part... C'est ça qui différencie l'amitié de l'amour... Dans l'amour on n'utilise que le duvet, dans l'amitié on se sert aussi des crins...

Elle s'est arrêtée.

— Oui, vous avez raison... Pardonnez-moi, mais je suis à bout de nerfs...

— Moins que moi !

Ça m'avait échappé. Elle m'a regardé.

— Comment cela ?

— Je ne sais pas si vous vous en rendez compte, mais j'ai eu un sérieux coup de foudre pour vous... Moi aussi je vais vous confier quelque chose, vous ouvrir une fenêtre sur ma personnalité. Si je ne vous avais pas vue au bureau de poste, vous auriez pu attendre vos huit mille balles !

Naturellement ça l'a choquée !

— Oh ! vous dites ça...

— Je dis ça parce que c'est la vérité du Bon Dieu, voilà tout ! Simple mise au point au passage ; maintenant, allez-y... Qu'attendiez-vous de moi ?

— La discussion de tout à l'heure avec Achille est venue de la question du marché... Il m'a déclaré qu'après tout il était ridicule que j'aille à Pont-de-l'Air pour réaliser une faible économie... Je pense qu'il devine quelque chose... J'ai insisté, alors il s'est mis en colère... Demain il m'empêchera d'y aller, c'est couru...

— Alors vous voudriez que j'aille là-bas et que j'explique le code à Maurice ?

— Vous avez deviné... Ça vous ennuie ?

— Non, pas précisément... Seulement avez-vous pensé que j'ai un patron ?

— Ça n'a pas d'importance. Demain matin vous viendrez lui dire que votre malle n'est pas arrivée et que vous devez aller la chercher à Paris... Tenez, dans cette enveloppe il y a de l'argent. Prenez vos frais dessus et remettez le reste à...

— Entendu. Il habite où, ce chéri ?

— Son nom de famille c'est Thuillier... Son adresse 3, rue Marius-Lesœur, à Pont-de-l'Air... Vous vous souviendrez ?

— Éternellement. Comptez sur moi...

— Bon, je vais rentrer...

— Voulez-vous que je vous raccompagne ?

— Il vaut mieux pas...

— Comme vous voudrez...

Elle dansait d'un pied sur l'autre, sans se décider à partir...

— Vous avez autre chose à me dire ?

— Non... Expliquez-lui bien que... que dès que je pourrai... Du reste j'essaierai de lui téléphoner demain...

J'ai fait un petit signe d'acquiescement.

— A quoi pensez-vous ?

— Je pense qu'il a une sacrée veine !

Elle m'a tendu la main :

— Merci. Bonne nuit !

— Bonne nuit !

Elle s'est éloignée d'une allure furtive sous les arbres constellés de bourgeons gras. Lorsqu'elle eut disparu je me suis senti un peu déprimé...

Les lumières venaient de s'éteindre dans l'hôtel et seule subsistait la veilleuse du hall... J'ai gagné ma chambre sans faire de bruit. Elle était petite, rose, propre et sentait le train...

Je me suis dévêtu entièrement et me suis glissé entre les draps rêches. Mais j'ai été long à m'endormir... Lorsqu'un convoi passait, tout tremblait dans la pièce, bien que ma fenêtre ne donnât pas sur les voies.

J'essayais d'évoquer ces gens somnolents qui passaient dans un fracas de ferraille, mais ils étaient pour moi sans âme et sans visage...

CHAPITRE III

Le lendemain, rien ne subsistait chez les Castain de leur algarade de la veille. Germaine encaustiquait le mobilier rococo de la salle à manger et Achille préparait le service du grand-père Richard lorsque je suis arrivé.

Je lui ai dit que mon ami n'avait pu pénétrer dans ma chambre faute de clé et que le plus simple était que je fasse un aller et retour à Paris pour chercher mes valises... Castain n'a pas sourcillé et m'a seulement demandé de faire vite, car il comptait sur moi le lendemain

J'ai donc pris le car pour Pont-de-l'Air en toute tranquillité.

***

Cette localité était la réplique de celle que je

venais de quitter. Il y avait la même place de la Gare, avec un hôtel de la Gare ; la même rue Principale, les mêmes boutiques vieillottes, et surtout les mêmes gens paisibles.

J'ai demandé la rue Marius-Lesœur à un petit garçon qui m'y a conduit par la main... C'était une voie étroite à un carrefour signalé par un clignotant axial. Elle était bordée de vieilles maisons ventrues qui n'étaient pas sans caractère. Je suis parti sur les pavés ronds, à la recherche du numéro 3.

Je suis arrivé à une sorte d'hôtel particulier dont la porte massive ressemblait à celle d'une prison. J'ai sonné. Une dame revêche m'a ouvert... Lorsque je lui ai dit que je désirais voir M. Maurice Thuillier, elle m'a répondu d'un ton rogue qu'il me fallait passer par les écuries et monter un escalier de bois...

Effectivement, le logement du garçon était nettement étranger à la vie de cette austère demeure. Il avait été construit au-dessus d'anciennes écuries désaffectées dans lesquelles maintenant on remisait des autos. De toute évidence, les propriétaires de l'hôtel particulier étaient des gens avares ou sans grandes ressources ; ils faisaient flèche de tout bois pour se constituer un revenu en sous-louant les parties du bâtiment qui n'affectaient pas leur standing.

L'escalier de bois annoncé gémissait sous mon poids. La rampe de fer était branlante et n'aurait pas résisté à l'embardée d'un ivrogne... Les marches étroites accédaient à un balcon vermoulu sur lequel s'ouvraient plusieurs portes.

Parvenu au sommet de l'escalier, j'ai appelé :

— Monsieur Thuillier, s'il vous plaît !

La première porte s'est ouverte à la volée et IL m'est apparu. Il était beaucoup plus beau que sur sa photo... Beaucoup plus beau que moi, aussi ! Cette constatation m'a frappé immédiatement.

Grand, athlétique, il portait un pantalon de velours côtelé, une chemise à carreaux rouges et blancs et des chaussures de basket-ball. Il avait des yeux sombres, fiévreux, des cheveux cendrés coupés très court, et deux plis profonds emprisonnaient sa bouche. Thuillier se tenait debout devant moi comme un chien prêt à mordre.

— C'est vous qui m'appelez ?

— Oui.

— Qu'est-ce que vous me voulez ?

— Si vous me faisiez entrer, je serais plus à mon aise pour vous le dire...

J'ai cru qu'il allait me flanquer par-dessus la chétive balustrade. Mais il s'est contenu.

— Ben, entrez... Vous savez, ça n'est pas un palace...

— Je m'en fous!

Ça l'a calmé. Il m'a souri.

— Je ne vous ai jamais vu...

— Moi non plus, il faut un début à tout, pas vrai...

— Qui êtes-vous?

— Le collaborateur de M. Achille Castain, vous connaissez?

Il a été sur ses gardes. Sa lèvre supérieure s'est retroussée méchamment et à nouveau il a ressemblé à un chien méchant.

Le logement allait bien avec le personnage. Il était meublé d'un sommier posé à même le sol et recouvert d'un grand carré de cachemire... Il y avait aussi une table ancienne, une commode Louis XIV, très belle, quelques chaises et une coiffeuse de style sur laquelle il avait entreposé tout un matériel de laboratoire photographique. Les murs disparaissaient sous des épreuves dont beaucoup s'avéraient intéressantes...

D'un bref regard j'avais enregistré la topographie des lieux. Le logement ne prenait jour que par la porte vitrée. Il était sombre et ça convenait particulièrement, en effet, à un photographe.

Planté devant moi, les poings aux hanches, Thuillier me regardait avec des yeux striés de filaments sanguins.

— Le collaborateur de M. Achille Castain, autant dire l'aide croque-mort ! A part tripoter les macchabées, vous faites aussi l'espion pour meubler vos loisirs ?

J'ai réprimé la soudaine envie qui me prenait de flanquer mon poing à travers sa jolie gueule.

— L'espion, c'est pour le compte de Mme Castain que je le fais...

J'ai sorti l'enveloppe qu'elle m'avait remise et l'ai lancée sur la table.

— Son bonhomme l'a empêchée de venir se faire aimer aujourd'hui, vous voudrez bien l'excuser ?

J'ai lu sa navrance dans ses yeux. Il devait l'attendre avec une folle impatience et c'est pourquoi il me recevait avec tant de brusquerie.

Il a bégayé :

— Hein ? Comment ?

— Je vous l'ai dit, il y a eu du pétard hier à la maison au sujet de Pont-de-l'Air... Il ne veut plus qu'elle vienne, probable qu'il a la puce à l'oreille... Elle n'avait pas d'autres moyens que moi pour vous prévenir à temps, vous saisissez ?

Il louchait sur l'enveloppe :

— Qu'est-ce que c'est que ça ?

Il le savait, je le voyais bien à son regard fuyant, mais il voulait se rendre compte si j'étais moi-même au courant.

Ce type-là ne me plaisait pas. C'était peut-être un malade, en tout cas j'étais certain qu'il s'agissait d'un cossard de la belle espèce... Il ne valait pas un pet de lapin et l'avait bien prouvé. Germaine, en femme amoureuse, le parait de toutes les hautes qualités qu'elle attendait d'un homme, n'empêche qu'il appartenait à la série des petits bons à rien qui exploitent les femmes crédules.

— Ça, ai-je fait d'un ton léger.. c'est votre pâtée de la semaine...

Il a bondi :

— Vous dites ?

Il espérait m'intimider, mais il pouvait courir ! Je l'attendais, Maurice... S'il avait esquissé un geste belliqueux, je me promettais de lui rentrer dans le chou la tête la première !

— Je dis, c'est votre pâtée ! Comme qui dirait

du pain de mort... La dîme prélevée par Madame sur les cadavres de Castain.

Il est allé prendre l'enveloppe, l'a éventrée et a tiré quatre mille francs... Une grimace de déception a tordu sa lèvre supérieure si mobile !

— C'est pas bézef, hein ? Vous devriez plutôt travailler une douairière sur la Côte d'Azur... Germaine fait ce qu'elle peut, mais avec son grigou de fossoyeur, ça ne va pas loin...

— Foutez le camp ! a-t-il grogné.

— Avec plaisir...

J'ai fait demi-tour. J'avais déjà un pied sur la première marche de l'escalier de bois quand il m'a rappelé :

— Hé !

Je me suis retourné :

— C'est moi ou votre chien que vous appelez ?

— Écoutez un peu...

J'ai hésité, puis je suis retourné dans le logement. Une désagréable odeur d'hyposulfite y flottait. De prime abord je ne l'avais pas reniflée.

— Quoi ?

— Il y a longtemps que vous travaillez chez Castain ? Elle ne m'a jamais parlé de vous...

— Depuis hier !

Il a cru que je me fichais de sa figure...

— Depuis hier ?

— Oui. Ça vous épate que Germaine m'ait déjà confié ses secrets d'alcôve ? J'ai une physionomie qui inspire confiance aux dames ; seulement moi, je n'en abuse pas...

— Oh ! finissez avec vos vannes ! Ils ne m'atteignent pas...

— Je m'en doute, le propre des gars de votre espèce, c'est d'être imperméables...

— Vous avez fini, oui ? Est-ce que je vous insulte, moi ?

Il ne trouvait pas d'autres arguments pour protester...

— On n'insulte pas le confident de sa maîtresse...

Il était blanc de colère rentrée.

— Je me fous de ce que vous pensez, je vous em...

Alors j'ai fait deux pas en avant et je lui ai mis une claque retentissante sur la figure. Il a porté la main à sa joue gauche, qui devenait toute rouge.

Après ça nous n'avions plus rien à nous dire. Je suis parti. Seulement, comme j'allais passer le porche des anciennes écuries, j'ai entendu un tintamarre effroyable en provenance de chez lui. Je me suis arrêté, indécis... La femme revêche qui m'avait ouvert la porte de la maison est apparue... Elle écoutait...

— Il prend « sa » crise, a-t-elle soupiré... Il en a de plus en plus... Je lui dis d'aller consulter, mais il m'envoie promener en disant que je mens... Naturellement après il ne se souvient de rien...

Elle est rentrée en haussant les épaules... Moi j'ai gravi quatre à quatre l'escalier et je me suis immobilisé dans l'encadrement de la porte. Franchement, ça n'était pas beau à regarder.

Maurice se tordait sur le plancher en gesticulant comme un diable. Il avait des yeux fous, fixes et exorbités... Une écume blanche moussait à ses lèvres et il ruait, raclait le plancher sans proférer un son... Cette espèce de lutte contre le néant avait quelque chose d'effroyable.

Pourtant je ne ressentais aucune pitié pour lui.

« Voilà donc l'être qu'elle aime ! songeai-je... Mon Dieu, est-ce possible que toutes les pensées de cette femme aillent à ce pauvre diable ? »

J'ai enjambé Maurice et me suis approché de

la coiffeuse-laboratoire, l'esprit traversé par une idée machiavélique. Sur le marbre, devant les bains d'émulsion, il y avait un Rolleiflex avec un flash électronique... J'ai regardé par le voyant où en était le rouleau de pellicule. Le chiffre 4 est venu s'inscrire dans le petit trou rond lorsque j'ai eu actionné le bouton à molette.

J'ai réglé le temps d'ouverture, branché le flash sur sa pile... Et je me suis payé trois photographies du garçon en pleins spasmes.

S'il traitait sa logeuse de menteuse lorsqu'elle lui parlait de ses crises, il aurait ainsi une bonne preuve de sa sincérité...

J'ai posé l'appareil sur la coiffeuse... Ça se tassait pour Thuillier. Il cessait de gigoter et il haletait sur le plancher... Un filet de bave immonde dégoulinait de sa bouche... Son nez coulait, il avait le visage barbouillé de poussière et d'écume...

Je l'ai bougé un peu de la pointe de mon soulier.

— Alors, Don Juan, où en est-on ?

Je me sentais féroce comme la vie. Il m'a jeté un regard noyé d'inconscience... Je l'ai contourné, comme on contourne une ordure qui vous écœure et je suis allé respirer l'air douceâtre de la province. Ma parole d'homme, j'en avais rudement besoin !

CHAPITRE IV

Pour la vraisemblance de mon alibi, je ne pouvais guère rentrer chez Castain avant le lendemain. J'ai donc flâné à Pont-de-l'Air toute la journée, déjeunant dans un bistrot de campagne, musardant le long d'un canal, lisant des journaux qui ne m'intéressaient pas. Germaine m'avait confié là une sale besogne, et je lui en voulais un peu. La seule chose qui m'égayait, c'était de songer à la tête que ferait Thuillier lorsqu'il développerait ses photos. En se reconnaissant il n'en croirait pas ses yeux. Ça lui ficherait une secousse, à ce sale crâneur ! Ma cruauté me surprenait, car, en général, je me conduis plutôt comme un bon bougre. Seulement j'étais mordu pour Germaine et je n'arrivais pas à admettre sa faiblesse avec Maurice...

Cette journée vide m'a paru interminable,

aussi étais-je très heureux de rentrer au bercail. L'hôtel de la Gare me faisait presque l'effet d'un havre de grâce, je n'avais plus du tout envie de lâcher ma « situation » ; elle comportait un aspect qui me séduisait...

Le lendemain matin, très tôt, je suis allé récupérer mes valises à la gare. Elles étaient arrivées de la veille. Ensuite j'ai changé de vêtements, car mon linge commençait à être passablement défraîchi. Chemisé de blanc, vêtu de bleu marine, cravaté de noir — ainsi qu'il sied à un monsieur travaillant dans le chagrin —, je me suis présenté chez les Castain.

Le magasin n'était pas encore ouvert et j'ai dû frapper au volet de bois. Achille-au-pied-léger est venu m'ouvrir, en veste de pilou grise, chaussé de confortables pantoufles fourrées.

— Déjà vous ! s'est-il exclamé...

— Oui, je suis trop matinal ?

— Ça n'est pas un défaut ! Vous allez prendre le café avec moi...

Je suis entré dans le hideux petit magasin qui sentait la mort des autres. Nous sommes allés jusqu'à la salle à manger où Germaine disposait des bols pour le petit déjeuner... Elle avait les cheveux noués par un ruban et portait un grand peignoir rouge...

Je l'ai fixée et une caresse chaude m'a parcouru le corps. Elle aussi m'a regardé...

— Bon voyage ? m'a demandé Castain...

— Excellent, quoique rapide...

Il a eu un petit rire moche.

— Vous ne savez pas ?...

— Quoi ?

Et voilà que soudain il se taisait, minaudant presque, gêné surtout...

— Je m'étais mis dans la tête que vous ne reviendriez pas.

Je l'ai regardé :

— En voilà une idée !

— Si. Il me semblait que le travail ne vous plaisait pas. Oh, évidemment il est rebutant au début. Mais vous verrez, on s'y fait très vite et très bien. Comme tous les métiers, lorsqu'on le pratique consciencieusement, on se met à l'aimer...

Il m'a attendri. Je sentais qu'il tenait à moi. Je l'impressionnais par mes façons dégagées, mon côté direct et mes complets bien coupés.

— Eh bien, vous voyez : je suis là... Prêt à

attaquer... A propos : des décès nouveaux dans le patelin ?

— Oui : la femme d'un charcutier... Nous allons tenter une expérience...

— Quel genre d'expérience ?

— Vous irez seul faire les offres de services. Du reste, je suis pris par le service Richard ce matin...

Il s'est tourné vers Germaine :

— Toi, tu vas me faire le plaisir de t'habiller, hein ? Je pars dans dix minutes et je ne veux pas te voir en peignoir rouge dans le magasin !

Elle a hoché affirmativement la tête.

— Bon, je m'habille d'abord...

— Dites, Delange, vous attendrez que ma femme soit prête pour partir... Sur mon bureau je vous ai préparé l'adresse du charcutier, c'est même pas à cent mètres...

Il a avalé son bol de café, tandis que posément, je beurrais mes biscottes. J'étais ravi à la pensée de rester un moment seul avec Germaine, c'était inespéré ! Elle aussi paraissait satisfaite de l'aubaine, mais pas pour les mêmes raisons que moi ! Elle se disait que j'allais pouvoir lui rendre compte de ma « mission » en détail... Bien qu'aucun muscle de son visage ne bougeât, je voyais au frémissement de ses doigts qu'elle était « dans tous ses états » !

J'ai évité de la regarder pendant le temps que Castain a passé à se préparer. Lorsqu'il est sorti de sa chambre, vêtu d'un uniforme noir et coiffé d'un bicorne, j'ai franchement éclaté de rire. Il ressemblait à un personnage de Walt Disney... Il avait tout du gnome déguisé...

— Vous vous foutez de moi ?

— Non, mais ça me fait tout drôle de vous voir fringué de la sorte... Vous ne vous sentez pas... comment dire : rigolo ?

— Pas du tout !

— Quelle mascarade que ces enterrements... Ils enlèvent toute gravité à la mort. Je pense que c'est par une sorte d'autodéfense que les hommes de tous les pays en ont fait une cérémonie à grand spectacle... Ils se donnent de l'importance à coups d'artifices...

Ma virulence les a terrorisés, l'un et l'autre. Ils m'ont regardé avec inquiétude.

— Eh bien, vous, alors, a grommelé Castain, vous êtes drôlement anarchiste !

— Je suis objectif, voilà tout. Et quand on est objectif on est fatalement modeste. Vous n'allez pas me dire que vous croyez en ces pompes ridicules que vous appelez funèbres et qui sont au contraire d'une drôlerie bœuf ? Regardez-vous dans une glace ! On dirait que vous allez au bal masqué de Marie-Chantal !

Il a haussé les épaules :

— Ah ! ces Parisiens...

Il fallait le rassurer.

— En tout cas n'ayez pas peur, je ne ferai pas part à la clientèle de ce point de vue intime. A propos, ce charcutier, quel genre est-ce ?

Du moment que je devenais professionnel il s'est épanoui.

— C'est le genre enrichi, quoi !

— Donc, le grand tralala ?

— Si vous pouvez vaincre son sens de l'économie, oui... Je vous ai laissé les tarifs, potassez-les avant de vous présenter là-bas...

Là-dessus il est parti.

Il avait confiance en moi pour me laisser seul avec sa femme en déshabillé. Au fond, Castain était un être simple. Du moment que je lui avais administré une preuve de mon honnêteté au départ, il généralisait cette vertu et me croyait à l'abri de toutes les tentations.

Lorsque la porte du magasin a été fermée, Germaine est allée vérifier qu'il s'éloignait bien.

Puis elle est revenue à la salle à manger. J'achevais de déjeuner... J'ai essuyé mes lèvres et me suis levé.

— Ça vous démange de savoir, hein ?

— Je n'ai pas pu l'appeler hier...

— Mais pourtant, lorsque Castain sort ?

— Lorsqu'il sort, je garde le magasin et ne peux aller à la poste !

— Mais vous avez le téléphone ici !

— D'accord, seulement les communications hors ville sont mentionnées sur des fiches et il épluche tout !

— Compris...

— Alors ?

Son impatience m'agaçait.

— Alors rien ! J'ai vu l'oiseau... Il n'était pas content... Je l'ai beaucoup déçu... Il s'attendait à faire l'amour et c'est toujours attristant d'apprendre qu'il y a fausse donne ! Il s'attendait également à plus d'argent. Quatre mille balles ça fait plutôt pourboire, vous ne trouvez pas ?

Je croyais qu'elle allait montrer quelque confusion. Au lieu de cela elle a cru naïvement devoir se justifier.

— Je n'ai pas pu faire plus, vous le lui avez expliqué ?

C'en était trop.

— Dites-moi, madame Castain, seriez-vous une gourde par hasard ? Je vous préviens tout de suite : j'ai tendance à m'intéresser aux jolies femmes, mais pas lorsqu'elles sont c... !

Elle a fait « Oh ! ». Comme une Anglaise choquée !

J'ai marché jusqu'à elle.

— Vous rendez-vous compte qu'à votre âge vous jouez les vieilles folles ! La tradition veut que les femmes qui entretiennent un gigolo soient des dames vieilles et désœuvrées ! Ou alors ce sont des catins... Vous ne rentrez pourtant dans aucune de ces deux espèces.

Elle était trop outragée pour répondre.

— J'ai passé une journée débilitante hier, à cause de vous ! Je pensais au rôle que vous jouiez avec cette larve, et ça me foutait dans une rage de tous les diables ! Voulez-vous que je vous dise ? Eh bien, votre croque-mort a bien raison de vous tabasser ; vous êtes exactement le genre de fille faite pour être dérouillée ! Vous m'entendez ?

— Sortez ! a-t-elle crié en montrant la porte.

Elle avait dû voir ça dans un mauvais film quelconque... J'ai haussé les épaules.

— Si je partais, c'est peut-être vous qui seriez la plus ennuyée ! Vous avez besoin de votre commissionnaire, mon petit ! Vous n'aurez pas à me chasser, croyez-le, parce que je commence à en avoir assez de votre petite vie moisie !

Je l'ai prise par un bras et l'ai secouée :

— Vous m'entendez, idiote ? Assez ! Il est bath, le gigolo de madame ! Je lui ai vu piquer sa petite crise...

— Il a eu une crise ?

— Oui. Le grand jeu ! Mais rassurez-vous, il s'en est remis...

Elle est devenue pâle. Son visage avait quelque chose d'hébété.

Enfin elle a levé sur moi ses grands yeux bleus qui m'émouvaient tant :

— Vous le haïssez, n'est-ce pas ?

Ça m'a fait hausser les épaules.

— Peut-on haïr ce qu'on méprise ?

— Vous êtes un homme fort ?

— Je suis un homme, simplement et seulement ! Rien qu'un petit bonhomme d'homme ! C'est le gars Maurice qui n'est rien... Et j'insulte le néant !

— Vous le méprisez parce qu'il est malade !

— Grand Dieu non... Au contraire, ce serait

pour moi un motif d'intérêt... Seulement je ne peux admettre ses façons lâches et crâneuses... Il se prend pour quelqu'un d'intéressant et il attend pour bouffer après les trois sous que vous grappillez au pauvre Castain ! Il vous a mise enceinte autrefois et vous a laissée tomber, bien heureux que papa maman fassent les gros yeux ! Malgré cela, il accepte maintenant votre amour et votre fric ! Écoutez, Germaine, je ne veux plus entendre parler de ce salaud ! Je crois que si je retournais le voir je lui casserais la figure, c'est compris !

— N'ayez crainte, je ne vous demanderai plus rien ! Je vous défends de me reparler de lui...

Elle avait bonne mine de jouer les dames outragées !

Je l'ai tirée devant la glace piquée placée au-dessus du buffet...

— Regardez-vous bien, Germaine. Vous êtes jolie... Il ne vous manque qu'une vraie coupe de cheveux chez un vrai coiffeur pour être sensationnelle ! Seulement, au lieu de profiter de votre jeunesse et de votre beauté, vous croupissez dans ce trou à rats ! Vous vous étiolez dans ce magasin, dans cette ville morte ! Vous vous affadissez dans des vêtements ridicules, plus provinciaux que la grande rue du bled ! Vous ballottez entre les gifles d'un malade et les étreintes d'un autre malade ! Votre jardin secret consiste à resquiller cent francs sur une entrecôte pour permettre à un trou-du-cul... de végéter ! C'est ça qui me dégoûte ! Vivement que vous ayez le physique de votre existence, afin qu'on ne s'intéresse plus à vous... A ce train-là, du reste, cela ne saurait tarder !

Je l'ai lâchée et je suis allé au magasin potasser les tarifs des sépultures... Les photographies de cercueils me faisaient pitié. Dire que j'allais vanter cette camelote à un gars ; essayer de le tenter avec ces boîtes à morts ! Une vraie gageure !

Soudain j'ai dressé l'oreille. Un petit bruit me parvenait de la chambre à coucher. Un bruit de sanglots étouffés. Je me suis levé et, en hésitant, je l'ai rejointe. Elle était couchée à plat ventre sur son lit et pleurait, le visage enfoui dans le creux de son bras replié.

Elle était belle dans son chagrin... En se jetant sur le lit, elle avait, sans y prendre garde, relevé un pan du peignoir et je découvrais une jambe sensationnelle, une cuisse ferme dont je pressentais le velouté et la tiédeur. .

Une vaste pitié m'a poussé vers elle. C'était sérieux : je l'aimais... J'avais envie d'elle aussi...

Je me suis agenouillé sur le lit et j'ai caressé ses cheveux cendrés. Elle s'est dégagée d'une ruade.

— Laissez-moi ! a-t-elle crié à travers son chagrin.

Je l'ai obligée à relever la tête et j'ai contemplé avec amour son cher regard noyé de larmes.

— Germaine !

— Laissez-moi !

— Germaine, je sais que je vous ai fait de la peine, mais il le fallait. C'est un devoir pour moi de vous ouvrir les yeux... On n'a pas le droit de laisser une fille comme vous se noyer dans cette eau fétide ! Je voudrais vous dire aussi : je vous aime... Oh, ça m'est déjà arrivé, naturellement, mais jamais aussi fort... Jamais aussi vite... Je... je ferais n'importe quoi pour vous... Bon voilà ! C'est idiot d'être obligé de dire des turpitudes pareilles. Mais c'est plus fort que moi, je ne peux pas les retenir...

Elle ne bougeait pas. Son regard s'était fait attentif. Je me suis incliné un peu et furtivement j'ai posé un baiser sur ses lèvres barbouillées de larmes. Elle ne m'a pas repoussé mais ne m'a pas rendu mon baiser...

J'ai quitté la chambre en emportant le goût salé de sa peine.

Ensuite je suis allé vendre au charcutier un cercueil épastrouillant, capitonné en soie, qui aurait donné envie de mourir à quelqu'un amoureux du confort !

CHAPITRE V

Deux jours se sont écoulés sans incident. Je m'organisais dans ma nouvelle existence, vendant de la quincaillerie mortuaire chez les défunts, aidant même à la mise en bière des « clients » et les convoyant à l'église dans le vieux corbillard automobile du père Castain. Je me disais que cet emploi n'était pas fait pour moi et que je ne devais pas me laisser anesthésier par cette vie de province, mais je venais de vivre des années difficiles et je trouvais bon de flotter dans la morne facilité de ces journées de printemps.

La province est un opium. L'air y est sucré et la vie n'a pas la même densité qu'à Paris. Elle est plus épaisse, plus lourde, plus riche en signification.

Le croque-mort était content de moi. Je

continuais de vendre ses premières classes avec un dynamisme qui clouait le bec aux familles plus ou moins éplorées que je visitais.

Oui, ç'a été deux jours neutres et reposants. Je prenais mon repas de midi dans la salle à manger du « patron ». Germaine cuisinait bien et j'avais du plaisir à déguster ses mets en la contemplant.

Depuis que je l'avais embrassée elle ne m'adressait presque plus la parole. Il y avait dans son attitude quelque chose de distant. Je voyais qu'elle regrettait cette scène entre nous. Son petit orgueil se rebiffait, et elle avait du remords à cause de Maurice...

Quant à Castain, il m'avait de plus en plus « à la bonne » et me témoignait son contentement par des démonstrations bruyantes et des promesses mirifiques... D'après lui, j'avais été conçu et mis au monde pour vendre des cercueils. Dans le fond, ce n'était pas un si mauvais bougre. Il avait un sale caractère, comme tous les gens souffrant de l'estomac, et il méprisait sa femme épousée dans des conditions... particulières... Mais je le trouvais vivable, du moins en ce qui me concernait.

C'est le soir du troisième jour que le drame a

éclaté. Nous revenions de déposer un corps dans une chapelle ardente et nous rentrions au magasin ; Castain me parlait de son service militaire, ce qui l'attendrissait, bien entendu ; un marchand de journaux est passé, ou plutôt, « le » marchand de journaux, car il n'y en avait qu'un dans la petite ville. Le croque-mort a acheté un journal du soir. C'était une feuille locale, imprimée au chef-lieu qui paraissait trois fois par semaine.

Comme tous les habitants de ces petites villes, il était très attaché à son journal. Il s'est arrêté pour lire les titres de première page ; j'en ai profité pour allumer une cigarette. J'ai soufflé une bouffée bleue et, à travers ce fugace nuage, je l'ai vu blêmir.

Il est resté immobile, silencieux, la bouche entrouverte par la surprise.

— Quelque chose qui ne tourne pas rond ? me suis-je inquiété.

Mais il n'a pas répondu. Je crois même que ma question n'était pas parvenue jusqu'à son entendement. Il s'est remis à marcher, de façon saccadée. J'avais déjà remarqué que lorsqu'il était contrarié il avait un tic nerveux qui lui faisait secouer la tête de bas en haut, comme ces jouets articulés représentant des animaux.

Là c'est devenu effrayant, on aurait dit qu'il lançait des signes d'approbation à des gens situés loin de lui.

J'aurais voulu regarder la première page de ce petit canard imprimé qui le plongeait dans un tel état de surexcitation, mais il le tenait serré dans sa main droite, comme une paire de gants... Je ne pouvais que le suivre, et ça n'était pas facile : il courait presque.

Enfin, ç'a été la rue Haute, le magasin... Il s'est jeté dans sa boutique et a appelé d'une voix qui se contrôlait mal :

— Germaine !

Elle est apparue. Ce soir-là, je me le rappelle très bien, elle inaugurait une robe bleue avec des petits motifs imprimés jaunes et gris, un peu moins tarte que les autres.

— Ah, vous voilà... a-t-elle murmuré.

Mais son sourire n'a pas duré longtemps.

— Je sais pourquoi tu aimais tellement aller à Pont-de-l'Air.

La peur s'est allumée dans le regard de Germaine. Elle s'est tout de suite trahie par un mouvement de recul.

— Ainsi, a attaqué Castain, IL était revenu, hein ?

— Mais...

Il l'a giflée... Je me suis précipité, et je l'ai saisi par le bras :

— Ah non ! ai-je crié, surtout pas de ça !

Il s'est dégagé avec brusquerie et n'a pas fait cas de mon intervention. Il brandissait le journal qu'il venait d'acheter...

— Lorsque tu allais au marché là-bas, c'était pour le rejoindre, hein ? Allons, avoue !

Elle n'a pas répondu, mais son silence, précisément, était le plus positif des aveux.

— Espèce de garce ! Chienne, putain !

Je me sentais au bord extrême de la colère, pourtant je me disais qu'un mari trompé a tout de même le droit de traiter sa femme de ces noms-là et je serrais les poings en m'efforçant au calme. Une chose me tracassait. Je me demandais comment ce journal du département avait pu apprendre à Castain que l'amant de sa femme habitait la région.

— Avoue ! s'égosillait le croque-mort, avoue donc, s... ! que tu allais le rejoindre, ce petit voyou ! Avoue ou je fais un malheur...

Il était suspendu aux lèvres de sa femme.

Poussé par une flambée de masochisme, il guettait l'aveu qui lui ferait mal, qui lui entrerait dans le cœur, dans l'orgueil...

— Tu vas le reconnaître, dis ! Tu vas l'avouer que tu couchais encore avec LUI ? Je veux te l'entendre dire...

Lasse, enivrée de peur, elle a remué la tête.

Elle paraissait dans un état de prostration voisin de l'extase.

— Oui, Achille, je l'ai revu...

Son premier réflexe a été celui d'un pauvre homme convaincu. Il a eu un drôle de petit gémissement et ses bras sont tombés de chaque côté de son corps.

— Alors c'est vrai ? a-t-il balbutié... C'est vrai !

Elle faisait « oui » de la tête, captivée semblait-il par le danger qui planait sur elle.

Le journal froissé est tombé de la main de Castain. Il s'est baissé avec un soupir fatigué et l'a saisi exactement comme si c'eût été un poids de deux cents livres. Il l'a déployé.

— Bon, a-t-il murmuré d'une voix brusquement très douce... Bon, bon, eh bien ! regarde : il est mort !

Ça m'a fait un curieux effet, croyez-moi. J'ai

reçu la nouvelle sur le crâne et mes pensées se sont mises à se courir après dans ma tête comme les chevaux d'un manège. Et tout comme eux, elles ne pouvaient pas se rejoindre !

— Mort ! a dit Germaine.

Il voulait le hurler, seulement ça s'est coincé dans sa gorge ; tout ce qu'il a pu sortir, c'était comme une espèce de râle caverneux.

— Oui : mort ! Il s'est suicidé, tu entends ? Il en avait marre de toi ! Il a foutu le camp une fois de plus, mais cette fois c'est pour de bon ! Tu ne le reverras jamais ! Jamais ! Ah ! Ah ! Oh ! ce que c'est bien fait ! Oh ! ce que c'est bien fait !

J'ai cru qu'il devenait fou... Germaine lui a pris le journal des mains sans qu'il essaie de l'en empêcher... Je me suis approché d'elle pour lire. C'était en première page en effet, sur deux colonnes.

A Pont-de-l'Air, un désespéré met fin à ses jours en s'ouvrant les veines !

L'article commençait ainsi :

Un jeune photographe appartenant à une ancienne famille de la région, Maurice Thuillier, a été découvert par sa logeuse ce matin, baignant dans une mare de sang ; le malheureux — souffrant depuis toujours d'une maladie incurable

— s'était donné la mort en se sectionnant les veines des poignets.

On a retrouvé près du corps, un tas d'épreuves photographiques consumées prouvant que le désespéré a détruit certains documents avant de disparaître.

Ce dernier paragraphe m'a glacé. Il prouvait de façon indubitable que je venais de tuer un homme. Parfaitement, c'était moi qui avais poussé Thuillier au suicide, en appuyant sur le déclic de son Rolleiflex. Je voyais très bien ce qui s'était passé. Lorsqu'il avait développé la pellicule impressionnée par mes soins, il avait eu la révélation de son mal. Épouvanté, découragé par les vérités que je lui avais déballées, il avait préféré en finir une fois pour toutes. C'est le courage des faibles. Lorsqu'ils ont pris assez de gifles, ils s'en vont. Lui s'en était allé parce qu'il avait compris qu'il n'avait pas sa place en ce monde. Et c'était moi qui lui avais fait comprendre cette sale vérité.

Je n'étais pas fier... Pourtant cette issue me semblait normale... Nous vivons dans un univers féroce où les chiffes comme Maurice n'ont pas de place.

Castain était affreux à regarder. Il montrait

les dents et ses lèvres se retroussaient sur un rictus de chien enragé. Quant à Germaine, elle pantelait... De grosses larmes coulaient sur ses joues... Le silence qui s'est établi alors était insupportable. Je cherchais quelque chose à dire pour le rompre, mais je ne trouvais rien... En moi c'était le désert...

Enfin Castain s'est ébroué. Il a levé les yeux sur Germaine et s'est jeté sur elle à bras raccourcis.

Il la giflait, la bourrait de coups de poing, la frappait avec les pieds... Il était véritablement fou... Germaine a eu le visage en sang avant que j'aie pu intervenir. Ça m'a causé une peine étrange... J'ai saisi Castain par un bras et je lui ai collé un crochet très sec à la pommette. Il a titubé et, ivre de rage, le regard couleur de meurtre, il a grommelé :

— De quoi ! De quoi !

En guise de réponse, il a eu droit à une fameuse série dans la gu... Il s'est écroulé.

— Je ne peux pas supporter de voir frapper une femme, Castain... Quelle que soit sa faute, vous n'avez pas le droit de la cogner... Ça n'est pas digne d'un homme !

Il s'est agenouillé, haletant. Sa pommette

avait éclaté et son œil gauche se dilatait comme un ballon que l'on gonfle.

— De quoi vous mêlez-vous ! a-t-il grincé. Foutez-moi le camp d'ici ! Je ne veux plus vous voir... Disparaissez ! Vous m'entendez ?

Il a ouvert son portefeuille, a tiré un billet de cinq mille francs qu'il m'a lancé au visage.

— Foutez le camp tout de suite ! Tout de suite ou j'appelle la police...

Du pied, j'ai disloqué le billet de cinq mille sur le plancher du magasin.

— D'accord, monsieur Corbillard, je me barre... Je vous ai assez vu, vous et vos macchabées de première classe.

Je me suis tourné vers Germaine :

— Vous n'allez pas rester avec ce dingue, si ?

Elle m'a montré la porte :

— Partez, ça vaut mieux... Tout cela ne vous regarde pas, il a raison.

Bon Dieu, que cette petite provinciale pouvait être farouche !

J'ai haussé les épaules. J'avais mal en dedans... Mal à force de tristesse, mal à force de pitié...

— Ça me fait ch... d'être un homme, ai-je soupiré.

Et je suis parti.

Il faisait presque nuit. Les gens rentraient chez eux en discutant. Ce qu'il y a d'agréable en province, c'est qu'on prend le temps de vivre.

Je me suis dirigé vers l'hôtel de la Gare, la tête en feu, les poings meurtris par les gnons administrés à mon « patron ».

Je suis monté dans ma chambre pour préparer ma valise, et c'est à ce moment-là que j'ai pensé que j'étais sans un ! Il me restait moins de cinq cents francs, ce qui était nettement insuffisant pour régler ma pension et prendre mon billet de retour. Il fallait que je téléphone à mon ami Fargeot pour le taper de dix mille francs. Même s'il me les postait par mandat télégraphique je ne pouvais pas les avoir avant le lendemain.

En soupirant je me suis étendu tout habillé sur mon lit pour attendre l'heure du repas.

Dans l'ombre je voyais le visage de Thuillier, couvert d'écume. J'évoquais ses yeux fiévreux, sa lippe hautaine...

Pour lui, c'était fini. Il avait enfin compris et s'était retiré de la compétition. Je l'enviais presque. Et puis j'ai songé à Germaine qui allait rester seule désormais avec son petit croque-mort haineux ! Pour elle aussi c'était fini. Plus de romantisme, plus de faiblesse, plus de jardin secret, celui-ci allait tomber en friche...

Après tout, elle l'avait voulu. Qu'avais-je donc espéré ?

On ne modifie pas le destin d'autrui. Chacun charrie sa peau et ses pensées par les ornières de la fatalité.

— Je m'en fous, ai-je soupiré...

Castain allait continuer de la battre. Plus souvent même, puisque désormais il avait le bon droit pour lui et un motif tout frais...

Elle allait continuer de souffrir, de subir... Elle allait s'étioler et dépérir comme une plante ruinée par une ambiance contraire à ses nécessités.

C'était triste, mais qu'y pouvais-je ? Elle me l'avait dit elle-même : tout cela ne me regardait pas. C'était un linge sale qui m'était étranger. Je n'avais pas à participer à la lessive !

A travers les rideaux de la croisée j'apercevais la lumière soufrée d'un bec de gaz, sur la place. Et dans la brume nocturne, sa flamme verte palpitait comme les ailes d'un papillon qui agonise.

DEUXIÈME PARTIE

CHAPITRE VI

Je crois que j'ai dû m'assoupir dans ma mélancolie. On a frappé doucement à ma porte. Il me semble que j'étais en train de rêver à des choses confuses et pénibles. Je me suis dressé...

— Entrez !

Je m'attendais à voir surgir la bonne de l'hôtel m'appelant pour le dîner. Mais au lieu d'elle, c'est Castain qui est entré.

Il avait un morceau de sparadrap sur la pommette et son œil était à demi fermé.

Il est entré, grave, solennel, confus. L'obscurité l'a dérouté. Moi je le contemplais aisément, car il était éclairé par la lumière du corridor.

— Le commutateur est à gauche, l'ai-je averti.

Il l'a actionné, puis il a refermé la porte et m'a souri.

— Que venez-vous faire ici ? ai-je questionné durement.

— Vous êtes un brave garçon, Delange.

— Ce n'est pas vrai, laissez-moi tranquille !

— Je sais ce que je dis. Vous êtes un brave garçon et je ne vous en veux pas du tout pour la correction que vous m'avez administrée... Grand Dieu ! ce que vous tapez fort !

Où voulait-il en venir ? Il y avait une petite lueur rusée dans son œil valide.

— Merci pour votre absolution. Ça fait toujours plaisir. Maintenant nous n'avons plus rien à nous dire...

Il s'est assis sans façon au pied du lit.

— Mais si... J'ai beaucoup à vous dire... Vous avez assisté à une scène pénible...

— Dites odieuse, j'ai le souci du vocabulaire précis !

— Odieuse, oui. Mais il faut connaître le dessous des choses.

Je me suis assis en tailleur, adossé à mon oreiller.

— Ne vous lancez pas dans les confidences, Castain. J'ai horreur de ça... Le passé des gens ressemble à une grosse pierre qu'on arrache du sol : il y a plein de sales bestioles noires qui grouillent par-dessous.

— Je tiens pourtant à vous dire que si ma conduite s'excuse difficilement, elle s'explique du moins...

— Alors tant mieux, ça soulagera votre conscience !

— Ne soyez pas méchant... Écoutez-moi !

Dans l'état où il se trouvait, il avait besoin de se confesser comme le type paumé dans le Sahara a besoin d'eau. Le laisser accoucher était un service à lui rendre. Après tout, il s'était montré gentil avec moi, je l'ai laissé se vider. J'ai eu droit naturellement au récit que m'avait déjà fait Germaine, mais revu et corrigé par son optique à lui. Il se payait le beau rôle. Il était l'homme au grand cœur... L'amoureux plein d'abnégation, le clairvoyant ; celui qui écarte les branches pour faciliter le passage...

De tout cela, en tout cas, une chose ressortait : il aimait sa femme. A ce titre-là il avait droit à toute ma sympathie, à toute ma jalousie aussi.

Quand il en a eu fini de farfouiller dans sa poubelle intime, il s'est fait un grand silence.

— Voilà, a-t-il soupiré, voyant que je ne

faisais rien pour le rompre. Que pensez-vous de ma situation ?

— Je pense que *votre* situation c'est aussi celle de votre femme, non ? Vous faites du dégât pour pas grand-chose. Vous avez quel âge, Castain ?

— Cinquante-deux…

— Et… elle ?

— Vingt-huit !

— Bon, vous savez faire la soustraction ? Elle vous prouve que vous pourriez être son père ; au lieu de jouer les exacerbés, vous feriez mieux d'être à la hauteur de votre expérience…

— Mais je l'aime !

— Justement ! Examinons les faits : quand elle était jeune fille, votre femme a été séduite par un gars de son âge, c'est dans la normale, non ?

— Oui…

— Parfait. Vous avez peut-être fait preuve de générosité en l'épousant, mais ça vous a du moins permis d'accéder à une fille logiquement hors de votre portée. D'après ce que j'ai vu de votre vie commune, au lieu de la choyer, vous la traitez comme une servante, et vous êtes surpris après ça d'apprendre qu'elle était revenue à ses juvéniles erreurs ? Mon vieux, si vous voulez mon avis, vous n'avez eu que ce que vous méritiez !

— Comme vous y allez !

— Si j'étais vous, maintenant je profiterais de ce drame pour changer mes batteries... Je la câlinerais, je serais un ami pour elle, vous comprenez ce que ça veut dire ?

— Je vois, oui.

— Alors tant mieux ! Le temps aidant, elle oubliera ce vilain passé. Le fait qu'elle soit restée avec vous malgré le retour du garçon prouve qu'elle vous est attachée.

Son œil unique s'est mis à briller, plein d'espoir.

— Vous croyez ?

— Ben : réfléchissez !

— Oui, c'est juste...

— Alors agissez en conséquence et ne lui cognez plus dessus !

Il m'a tendu sa vilaine main lisse et jaune.

— Merci, Delange...

— Y a pas de quoi, c'est mon jour de consultation.

— Naturellement tout est oublié de notre algarade, n'est-ce pas ? Vous revenez à la maison ?

— Jamais de la vie !

— Ah si !

— Ah non ! Enfin, monsieur Castain, vous vous rendez bien compte que je ne suis pas dans mon élément, ici ? J'ai besoin d'une vie plus active... J'aime voyager, j'aime Paris... Je...

Je n'oublierai jamais cet air navré qu'il a eu.

— Delange ! vous ne pouvez pas nous faire ça... Nous ne pouvons pas rester en tête à tête brusquement, Germaine et moi... Guérissez-nous !

Ça m'a touché. D'ailleurs je ne demandais qu'à la revoir.

— Entendu...

***

Pendant deux ou trois jours, je peux vous affirmer que la vie aux Pompes funèbres a manqué d'agrément. J'avais davantage l'impression d'habiter un sépulcre qu'une entreprise commerciale. Mes hôtes ne parlaient que pour exprimer le strict nécessaire et ils évitaient de se regarder. Germaine avait l'air d'un chien battu. Elle se traînait de sa cuisine à la salle à manger, telle une ombre harassée, et quand nos regards se croisaient, vite elle détournait le sien.

Je sentais bien que cet état de choses ne pouvait se poursuivre longtemps. Il y avait de quoi devenir fou. Moi, je continuais de visiter les familles endeuillées et de leur vanter le charme de la grande sépulture... Ça tournait au train-train... On me connaissait maintenant au pays... Les femmes me couvaient des yeux et les hommes m'offraient à boire à la première occasion.

Un soir, comme je quittais le magasin, Castain m'a dit :

— Je vais vous accompagner un bout de chemin, manière de prendre l'air. J'ai fait ma comptabilité toute la journée et j'ai un crâne gros comme ça !

Nous avons marché un instant sans parler, puis il a attaqué :

— Alors ? qu'en dites-vous ?

J'ai froncé le nez :

— Hum, pas grand-chose...

— N'est-ce pas ! Pourtant je fais ce que je peux... Je lui parle gentiment. Je lui ai même dit que je lui pardonnais...

— Et qu'a-t-elle dit ?

— Comme si elle ne m'avait pas entendu ! Elle se moque de tout...

— Ça lui passera...

— Vous êtes sûr ? Moi, ça me rend malade...

Je l'ai regardé. C'était vrai, il ne semblait pas bien du tout. Sa peau était plus jaune que d'habitude et il avait de grands cernes gris sous les yeux. Ce type-là était miné par la maladie... J'aurais parié qu'il avait un cancer ou une saloperie de ce genre.

— Vous avez très mauvaise mine, monsieur Castain... Vous devriez consulter votre médecin...

Ça l'a frappé. Il a promené sa vilaine main osseuse sur son visage, comme un aveugle qui cherche à identifier un objet. Il semblait se « reconnaître » avec difficulté.

— Oui, mon estomac n'est pas brillant... Je souffre depuis des années... Mais ces temps-ci alors, avec la bile que je me fais... Bon, j'irai demain !

Il y est allé le lendemain en effet. Il avait pour toubib un vieux bonhomme que je connaissais de vue maintenant et qui sentait le rat crevé. Ce médecin avait mis au monde tout le pays, il avait au moins quatre-vingts ans... On se demandait ce qu'il attendait pour laisser son cabinet à un jeune. Naturellement, le patelin tout entier lui accordait sa confiance. Il soignait encore les angines avec du jus de citron et les pleurésies avec des cataplasmes, mais on ne mourait pas plus qu'ailleurs pour autant.

Nous étions à table, Germaine et moi, et nous grignotions des radis, sans parler, sans nous regarder, lorsque Castain est revenu de la consultation, soucieux.

— Alors ? lui ai-je lancé...

Il n'avait pas dû dire à sa femme qu'il allait chez le docteur, car elle a paru surprise lorsqu'il a dit :

— Boilieu est inquiet... Il me conseille d'aller à Paris, à l'Hôtel-Dieu...

— Eh bien, il faut y aller.

Ça lui faisait peur. Il redoutait d'apprendre du vilain...

— La semaine prochaine...

— Pourquoi attendre ?

— Non, la semaine prochaine...

Nous nous sommes mis à table. Il a pris du bismuth tristement. Germaine était retombée dans son apathie. Plus je la contemplais, plus je la désirais. Mon amour pour elle ressemblait à un feu de braise qui couve longtemps et qu'un courant d'air transforme tout à coup en brasier. En les regardant l'un et l'autre, j'ai compris que Castain était de trop et que s'il disparaissait, il n'y aurait plus personne entre elle et moi.

Elle ne m'aimait pas, trop accaparée par son récent chagrin, mais ça m'excitait justement. Je voulais la conquérir... Le teint jaunâtre de Castain permettait tous les espoirs. J'avais beau chasser cette affreuse pensée, elle revenait sans cesse, plus complète chaque fois... S'il avait un cancer, il allait claquer peu à peu... Et moi...

Non, c'était décidément trop moche.

— Il faut y aller tout de suite, monsieur Castain... Demain prenez le train... Il le faut... Chaque heure qui s'écoule...

Il a fait un signe affirmatif.

— Oui, demain, c'est entendu, Blaise... Demain, il faut en finir...

***

Lorsque j'ai poussé la porte du magasin, le lendemain, il était déjà parti. Sur le bureau il y avait un mot à mon intention :

Blaise.

J'ai suivi vos conseils. Rien de spécial aujourd'hui. Voulez-vous répondre au courrier que voici ? A ce soir.

A.C.

J'étais troublé de me sentir seul avec Germaine dans l'appartement. Je suis allé jusqu'à la salle à manger. Elle ne s'y trouvait pas. Par contre, je l'entendais remuer dans la chambre. J'ai frappé à la porte. Ne recevant pas de réponse, je suis entré.

Germaine portait son affreux petit tailleur noir et son chemisier blanc. Elle empilait de la lingerie dans une méchante valise en carton.

Je me suis approché :

— Que faites-vous, Germaine ?

— Vous le voyez bien !

— Vous partez ?

— Oui.

— Où ?

— Je n'en sais rien, et c'est le dernier de mes soucis !

— Pourquoi partez-vous ?

— Pourquoi les prisonniers scient-ils les barreaux de leur geôle ?

— En somme, plus rien ne vous retient ici ?

— Non, plus rien !

Elle a prononcé ces deux mots d'une voix aiguë, les larmes ont jailli de ses beaux yeux pervenche.

— Et vous profitez de ce que le gardien-chef est absent pour prendre la clé des champs ?

— Qu'est-ce que cela peut bien vous faire ?

— Vous avez simplement oublié une chose, Germaine…

Elle m'a dévisagé avec curiosité. Puis, devant mon regard sans doute expressif, a hoché la tête :

— Oui, c'est vrai, vous êtes amoureux de moi !

— Pas amoureux, je vous aime, nuance !

— Qu'est-ce que cela peut me faire, puisque je ne vous aime pas !

— Merci pour votre franchise !

— Croyez-vous qu'un mensonge de ma part soit préférable ?

— Sûrement pas.

— Alors ?

— Alors rien… Sauf toutefois que je ne vous laisserai pas partir !

— Vraiment ?

— Vraiment ! Ce serait une folie, et quand je peux empêcher mes semblables d'en commettre, j'interviens.

Elle m'a toisé de façon provocante.

— Il y a des moments où les terre-neuve eux-mêmes sont bien agaçants !

— Je regrette de vous agacer, mais vous ne partirez pas !

— Expliquez-vous au moins ! Et ne vous retranchez pas derrière un prétexte hypocrite !

— Germaine, je vous le répète, je vous aime de toutes mes forces. Je suis resté ici uniquement pour vous. Je ne vous laisserai pas filer, voilà, c'est net, c'est clair... N'y revenons plus !

Elle a haussé les épaules et s'est remise à faire sa valise. Je me sentais un peu idiot. Si elle s'obstinait à vouloir partir, je n'allais pas la ligoter en attendant le retour de Castain ! Je ne m'étais encore jamais trouvé dans une situation aussi fausse.

Germaine a continué d'empaqueter ses dessous. Les dentelles, la soie blanche des combinaisons, me mettaient le feu aux joues.

Lorsque la valise a été prête, elle a rabattu le couvercle et a fait jouer les deux serrures. Puis elle a décroché un manteau dans l'armoire, l'a jeté sur ses épaules et elle a empoigné son bagage. Ça y était. L'instant crucial venait d'arriver.

J'ai donné un tour de clé à la serrure de la chambre.

— Pas d'histoire, Germaine, vous ne sortirez pas !

Elle m'a fixé droit dans les yeux. A l'intensité de son regard j'ai pu mesurer combien elle était déterminée.

— Laissez-moi passer ou j'appelle au secours...

— Vous ne sortirez pas !

Elle a avancé la main vers la serrure. Je me suis interposé.

— Ne soyez pas ridicule, Germaine ; ne m'obligez pas à vous maîtriser !

— Écartez-vous ou j'appelle, c'est la dernière fois que je vous préviens.

Elle était écarlate.

Soudain elle a couru à la fenêtre de la chambre après avoir laissé tomber sa valise. J'ai sauté la largeur du lit et l'ai ceinturée au moment où elle saisissait l'espagnolette. Je l'ai littéralement arrachée de la fenêtre. Elle se débattait, ruait en poussant des petits cris. Moi je ne songeais pas à la lâcher. Son corps vibrant communiquait au mien une intense chaleur. En ruant nous avons buté contre le lit et nous sommes tombés l'un sur l'autre... J'avais mon visage au-dessus d'elle.

Je l'ai embrassée brusquement, avec une soudaineté telle qu'elle n'a pas eu le temps de détourner sa bouche. Nos dents ont crissé en se rencontrant, ma lèvre a éclaté et j'ai eu instantanément dans la bouche un goût de sang. Elle a voulu crier, pour cela sa bouche s'est ouverte, j'ai mordu ce cri... Ensuite, je ne me souviens plus très bien des détails... je sais qu'elle a brusquement cessé de se débattre. Oui... Elle est restée inerte sur ce couvre-lit. Avec des gestes rageurs et précis j'ai déchiqueté le tailleur noir... Il y en avait des lambeaux plein la chambre ; nous les avons ramassés sans rien dire, après, lorsque je l'ai eu prise.

CHAPITRE VII

Nous sommes restés longtemps sans rien dire, effondrés par ce bonheur intense qui venait de nous tomber dessus sans crier gare. Nous étions stupéfaits. Les circonstances venaient de faire de nous des amants et, franchement, nous n'étions pas préparés à ça...

Je la regardais avec inquiétude. Elle était étendue sur le lit, les bras derrière la nuque, les yeux perdus au plafond.

— Germaine...

Elle a esquissé un faible mouvement du menton.

— Tu m'en veux ?

Pourquoi deux êtres qui viennent de s'aimer éprouvent-ils le besoin de se tutoyer ? C'est là un des mystères de l'amour qui en comporte beaucoup d'autres.

— Dis, mon amour, tu m'en veux ?

— Pourquoi t'en voudrais-je ?

— Eh bien... Quand une femme n'aime pas un homme et qu'elle est prise de force par cet homme, je suppose que son indifférence se transforme en haine...

— Je ne te hais pas, Blaise... Peut-être même que je t'aime... Oui, c'est sûrement ça... Tu me plaisais, et maintenant je crois que je t'aime. Seulement ça ne ressemble à rien de... de ce que j'ai connu. C'est tout à fait autre chose, tu ne peux pas comprendre !

Je ne demandais pas à comprendre. Ses paroles me causaient un bonheur nouveau, plus éblouissant que l'autre.

— Bon, ne dis plus rien, Germaine. A quoi bon chercher à préciser nos impressions ? L'essentiel n'est-il pas que nous soyons heureux l'un par l'autre et que nous n'ayons pas envie de nous séparer ?

— Je ne sais pas !

— Moi je le sais...

La journée a passé doucement, comme un rayon de soleil qui rampe dans une pièce. Nous avons recommencé plusieurs fois... Et il y avait toujours une progression dans notre frénésie.

Lorsque Castain est revenu de Paris, le soir, nous avions des mines ravagées qui auraient certainement attiré son attention s'il n'avait été aussi heureux.

— Je n'ai rien de grave ! a-t-il exulté en franchissant la porte du magasin... Un début d'ulcération et le foie détraqué, c'est tout !

Il a insisté pour que je dîne chez eux. Toute la soirée il nous a commenté sa vie organique avec un luxe de précisions cliniques qui me tapait sur les nerfs.

L'avouerai-je ? J'étais cruellement déçu... Maintenant ma décision était bien arrêtée : Germaine serait à moi seul. Puisque ce triste bonhomme avait l'avenir devant lui, nous partirions.

— L'ennui, conclut-il, c'est que je devrai aller chaque semaine suivre un traitement à Paris... Enfin, je compte sur vous, Blaise !

J'ai essayé d'atténuer l'ironie que pouvait contenir ma réponse :

— Comptez sur moi, monsieur Castain.

***

Pendant deux jours, je n'ai pu retrouver

l'occasion d'un tête-à-tête avec Germaine. Je crevais de désir rentré. Quand je la voyais évoluer dans l'appartement, je me retenais pour ne pas la saisir dans mes bras… Je crois que si le croque-mort avait bougé, je lui aurais cassé une carafe sur la tête.

Enfin le surlendemain de son voyage à Paris, il a été pris pour un service et nous avons pu nous… retrouver vraiment, elle et moi.

La chétive silhouette de Castain, plus ridicule que jamais dans son uniforme de faux polytechnicien, n'avait pas tourné le coin de la rue que j'avais déjà ôté le bec-de-cane et rejoint Germaine dans la chambre. Nous n'avons pas échangé une parole. Nous grelottions d'impatience. Ç'a été, je pense, la plus furtive et la plus terrible de nos étreintes…

Puis je suis retourné au magasin et j'ai attendu qu'elle m'y rejoigne. Elle est venue, invinciblement attirée par ce besoin que nous avions de nous.

— Germaine, quand partons-nous ?

Elle a sursauté.

— Partir ?

— Tu ne crois pas que nous allons faire toute la vie l'amour à la sauvette dans son dos !

— Je ne veux pas partir, Blaise...

J'ai frappé le bureau d'un coup de poing rageur.

— Bon Dieu, la voilà bien, l'inconstance féminine... Il y a deux jours, j'ai été obligé de te molester pour t'empêcher de ficher le camp et maintenant tu refuses ?

— Parce qu'il y a deux jours je partais seule...

— Vas-y, explique-toi, je ne comprends pas la subtilité du distinguo !

— Moi non plus, je ne la comprends pas, Blaise, mais je... je sens qu'elle existe. L'autre jour, je partais rejoindre un souvenir. Je gardais à mes yeux tout mon honneur...

Elle avait de ces mots. J'ai souri.

— L'honneur ! Tu sais ce que c'est ?

— Sans doute mieux qu'un homme, bien que ce soit, paraît-il, une spécialité masculine ! Si je partais maintenant, je serais une coucheuse qui s'enfuit avec l'employé de son mari...

— L'opinion des gens te tracasse ?

— Non, la mienne...

Je la sentais inébranlable ; alors je n'ai pas insisté, mais une grande tristesse m'a ôté toute joie de vivre...

Depuis qu'il se savait capable de devenir

centenaire, Castain avait nettement repris de l'assurance et il commençait à faire fi de ses bonnes résolutions. Un matin, comme j'arrivais au « travail », je vis que Germaine avait une joue en feu... Je devinais que son chimpanzé l'avait giflée et l'interrogeai d'un geste. Elle me répondit par l'affirmative. Son regard brûlait de haine.

Castain sifflotait, gêné. Je pense qu'il avait peur de moi. Il craignait que je ne m'aperçoive de la chose et que je ne lui flanque une nouvelle correction. Aussi me recommanda-t-il de vite filer chez un « nouveau client ».

Je serrai les dents et obéis, soucieux d'éviter un esclandre. Je ne voulais pas risquer de perdre Germaine maintenant ; s'il m'avait chassé et qu'elle refusât de me suivre, c'est pourtant ce qui se serait produit. A cause de son obstination à ne pas vouloir « faillir », notre amour tenait à peu de chose.

J'empoignai donc la serviette aux échantillons et je partis à l'adresse indiquée.

Le mort que j'allais visiter était un riche marchand de fonds de la ville. Il venait de décéder après une courte maladie, précisément au moment où il allait divorcer afin de « refaire sa vie ».

Sa veuve, une quadragénaire, aux toilettes extravagantes (pour le pays) était étrangère, roumaine je crois, et parlait avec un accent slave qui avait dû lui fermer pas mal de portes dans la région.

Elle me reçut dans une extravagante robe noire à volants qui évoquait davantage une soirée chez Maxim's qu'un deuil.

En termes vigoureux, elle m'expliqua que le Bon Dieu avait puni son volage mari ; qu'il y avait une justice immanente en laquelle elle croyait aveuglément et elle me dit de faire au défunt des obsèques « originaux » ; c'est le terme qu'elle employa.

Elle hésitait entre un cercueil tout nu porté à dos d'homme, ou un catafalque géant sur un affût de canon. Usant de diplomatie, je la ramenai dans la voie de la raison et lui collai un service du tonnerre de Zeus, avec grandes orgues, tentures, messe chantée et chapelle ardente.

Mme Crémant, c'était le nom de la cliente, insista pour que la mise en bière se fît le plus rapidement possible et demanda qu'on emmenât le corps à l'église ; sans doute jugeait-elle que ça faisait « désordre » dans une maison.

Je lui promis tout ce qu'elle voulut et la quittai, satisfait, malgré mes préoccupations, d'avoir réalisé une bonne affaire.

Le lendemain matin, Castain me demanda de l'aider à mettre le marchand de fonds en bière, son employé spécialisé dans ce genre d'exercice étant indisponible. Nous nous rendîmes au domicile du mort avec le fourgon, nantis d'un cercueil rupin. Le commissaire de police nous y attendait depuis un moment. Notre arrivée le délivra de l'extravagante veuve qui l'avait pris à partie. Nous priâmes celle-ci de nous laisser œuvrer et nous nous enfermâmes dans la chambre mortuaire...

Ayant déposé le cercueil à terre, nous nous approchâmes de la couche du mort. Castain émit alors un grognement mauvais et me prit à l'écart.

— Vous avez fait une bêtise, mon pauvre Delange...

— Une bêtise ?

— En ce qui concerne les mesures. Vous ne voyez pas que ce cercueil est beaucoup trop grand pour M. Crémant ? On en mettrait deux comme lui là-dedans...

Nous procédâmes pourtant à la mise en bière, vissâmes le couvercle et nous emportâmes le défunt à l'église après avoir pris congé du commissaire.

La messe venait de finir, et l'édifice était désert. Ce jour-là il faisait un temps orageux. Le ciel écrasait la ville sous des cumulus boursouflés et gris... Dans l'église, et particulièrement dans la petite chapelle où était préparé le reposoir, flottait une pénombre sous-marine... Les fleurs déjà entreposées dégageaient une odeur obsédante.

Castain s'activait. Il installait son client dans la chapelle, comme un aubergiste consciencieux installe ses pensionnaires dans leur chambre.

— A quoi pensez-vous ? m'a-t-il demandé brusquement.

Ses minces sourcils froncés formaient un seul trait horizontal.

Je ne lui ai pas répondu. Le pouvais-je ? Je pensais à sa remarque de tout à l'heure, concernant les dimensions trop fortes du cercueil...

« *On en mettrait deux comme lui, là-dedans.* »

Les mains aux hanches, il me toisait, hargneux, mécontent, sans que je puisse m'expliquer pourquoi. Et moi je prenais ses mesures d'un œil soudain précis... Je me disais qu'il était plus petit que le mort... Je me disais qu'il tiendrait fort bien compagnie au marchand de fonds... Je me disais que c'était une occasion unique, une occasion rêvée, inespérée, fabuleuse, de l'ôter à jamais de notre route !

Le silence de l'église était d'une extraordinaire ampleur.

— Qu'avez-vous ? a-t-il bredouillé...

Sa sale gueule, sa sale voix, sa chétive agressivité me donnaient envie de hurler.

Je me suis déplacé légèrement sur le côté, pour prendre élan, puis, avant qu'il ait eu le temps de prévoir mon geste, je l'ai foudroyé d'un terrible crochet au menton.

Il s'est écroulé sans un mot dans les fleurs... Il était sonné sérieusement. Son regard chavirait... J'ai saisi le drap noir, plié en huit, que nous nous apprêtions à étendre sur la bière, je le lui ai appliqué sur la tête et je me suis couché dessus... J'ai dû rester un temps infini dans cette position. Si quelqu'un était entré j'aurais été fait comme un rat... Quelle explication fournir pour justifier une telle attitude ? Mais je le répète, l'église était déserte.

Castain a remué faiblement les mains puis ses doigts se sont recroquevillés et il est resté inerte ; je le sentais flasque sous le drap noir... Je me suis mis à genoux, j'ai ôté la tenture de sa figure et j'ai compris qu'il était mort... Un étrange sentiment de délivrance m'a alors dilaté la poitrine. Je me suis senti calme, reposé. J'ai poussé le cadavre sous les tréteaux supportant le cercueil, je l'ai recouvert de la lourde draperie noire... Ensuite j'ai respiré l'odeur sucrée des fleurs... Je comprenais mal ce qui venait de se passer et je savais qu'il me faudrait beaucoup de temps pour bien le réaliser. D'un pas nonchalant, je suis allé chercher notre tournevis à manivelle dans le fourgon stationné devant le parvis. En le dissimulant sous ma veste je suis retourné à la chapelle...

Le reste n'est pas très bien fixé dans ma mémoire... Je sais que j'ai dévissé le couvercle du cercueil, que j'ai déplié le suaire drapant le « client »... J'ai hissé Castain dans la bière et j'ai remis le couvercle... J'ai eu un instant de panique noire en voyant que le couvercle ne se rajustait plus. Je ne veux pas me perdre dans des détails macabres, pourtant je dois avouer que j'ai mis les deux cadavres de profil, face à face et qu'ensuite j'ai procédé comme avec une malle trop pleine : je me suis assis sur le couvercle. Les vis ont mordu dans leurs alvéoles... J'ai revissé à fond, en tournant de toutes mes forces le vilebrequin. J'étais heureux de pouvoir replacer ce couvercle. Il se rabattait pour toujours sur le passé...

Sur celui de Germaine, du moins, le seul qui m'intéressât.

CHAPITRE VIII

Lorsque je sortis de l'église, il n'y avait personne en vue. J'avais « bénéficié », si j'ose dire, de circonstances extrêmement favorables. Je pris place au volant du fourgon et démarrai.

Maintenant j'étais devant un fait accompli — ô combien accompli ! — Dieu m'était témoin que je n'avais pas prémédité cela. En perpétrant ce meurtre dans l'église, je crois avoir obéi à une espèce de sollicitation bizarre. Tout a joué un rôle dans mon acte : la pénombre, l'odeur entêtante des fleurs, l'attitude hargneuse de Castain... Je le revois encore, campé sur ses petites jambes de coq, me demander à quoi je pensais... Sa réflexion, chez Crémant, surtout, avait obscurément amené l'irréparable !

Sans l'avoir cherché, je venais de commettre un meurtre sans doute parfait. Seulement la vie continuait et la disparition de Castain n'allait pas passer inaperçue !

Tout en pilotant la fourgonnette noire dans les rues étroites de la ville, j'échafaudais un plan d'action. Je me souvins alors que mon « patron » devait prendre le train de onze heures trente-cinq pour Paris. L'après-midi, en effet, il avait rendez-vous avec le spécialiste qui devait lui faire commencer un traitement pour son ulcération de l'estomac.

J'arrêtai la voiture devant le magasin. Je descendis... J'étais déterminé à ne rien dire à Germaine. C'était avec elle surtout que je devais le mieux jouer la comédie.

J'entrai et allai me laver les mains dans la cuisine. Elle épluchait des légumes pour le repas de midi.

— Ouf, sale boulot, lui dis-je, j'en ai ma claque de manipuler des cadavres... Achille n'est pas revenu ?

— Il n'est pas avec toi ?

— Non, il m'a quitté brusquement en me disant qu'il venait de rencontrer un ami qui se rendait à Paris en voiture et il voulait profiter du voyage... Je pensais qu'il était passé se changer ?

— Il n'est pas venu.

— Ah bon !

Ce fut tout pour la journée. Nous prîmes notre repas et cela se termina dans la chambre. Je ne savais pas très bien où en était Germaine question sentiment. Pensait-elle encore à Maurice Thuillier ? Souffrait-elle de sa dramatique disparition ? Le passé la tourmentait-elle ? Autant de questions inquiétantes que je me posais sans oser les lui poser à elle. En tout cas, sur le plan physique elle se donnait avec élan... Chacune de nos étreintes surenchérissait sur la précédente. Cette fille n'avait certainement jamais connu d'homme capable de lui apporter une plénitude physique.

***

Dans l'après-midi, je me suis occupé de la sépulture de... Crémant. J'ai réglé les détails des obsèques qui devaient avoir lieu le lendemain... Puis, le soir, comme à l'ordinaire, je suis rentré à l'hôtel.

Je me suis couché sitôt le repas expédié et j'ai essayé de lire un livre, mais j'ai recommencé quinze fois la première phrase sans parvenir à comprendre la signification de cet assemblage de lettres…

J'ai laissé la lumière allumée néanmoins et je me suis endormi très vite, seulement dans le milieu de la nuit l'électricité m'a incommodé et m'a arraché au sommeil. J'étais en nage. Une sourde angoisse me tenaillait. J'ai bu un peu d'eau au lavabo, elle avait un goût de rouille… Mes vêtements posés sur une chaise sentaient le cadavre… J'étais infiniment déprimé… En quelques jours, j'avais causé la mort de deux individus, pour l'amour d'une femme. J'étais devenu un assassin et je l'admettais sans regimber, sans constater la moindre différence avec « avant ». A fréquenter les morts du pays, j'avais fini par comprendre qu'ils n'étaient pas effrayants. Ils avaient changé d'état, voilà tout. Castain aussi venait de changer d'état.

J'ai appuyé sur la poire pendue au-dessus du lit… Le noir m'a serré au collet. Et puis mes yeux s'y sont accoutumés et il a cessé d'être noir. Le rectangle de la croisée, avec la tache laiteuse des rideaux et la flamme lointaine du bec de gaz… Le rai de clarté blonde sous la porte… Des reflets confus dans la glace de la table de toilette, tout cela appartenait à la lumière ! Tout cela me revigorait, me donnait confiance... Il fallait que je profite de la lumière, car elle n'appartient qu'aux vivants !

*
* *

Dire que Germaine ait été rongée par l'inquiétude, le lendemain, serait exagéré... Ce qu'elle éprouvait ressortait davantage de la surprise. C'était la première fois que Castain découchait... Elle pensait qu'il avait raté son train la veille, qu'il avait même fait une escapade, mais elle était étonnée qu'il n'eût pas téléphoné pour la rassurer...

Nous avons envisagé la possibilité d'un accident. Cela ne l'émouvait pas le moins du monde. Elle détestait suffisamment son mari pour accepter sans broncher l'idée de sa mort.

— On devrait téléphoner à la gare, ai-je suggéré.

Le plus drôle, c'est que je me prenais à mon propre jeu. J'avais réellement l'impression que Castain était parti et *je l'attendais* ! Parfaitement : je l'attendais !

J'ai téléphoné à la gare pour savoir à quelle heure arrivait le prochain train en provenance de Paris... L'employé m'a répondu qu'il venait d'en passer un et qu'il n'y en aurait plus avant le milieu de l'après-midi. Je lui ai demandé si on avait aperçu M. Castain à la gare. Il m'a dit que non... S'il m'avait affirmé le contraire, il me semble que je l'aurais cru.

Germaine était perplexe.

— Qu'est-ce que tout ça veut dire, à ton avis, Blaise ?

J'ai haussé les épaules.

— Je ne sais pas... Il me semble que s'il lui était arrivé un accident on t'aurait déjà prévenue... Il avait nécessairement des pièces d'identité sur lui, non ?

— Et s'il était tombé du train ?...

— Mais puisqu'il partait avec un ami...

— Je me demande qui a bien pu le décider... Il est peureux comme tout et craint les voyages en auto !

Elle a haussé les épaules.

— Enfin, nous verrons bien, a-t-elle déclaré... L'ennui, c'est qu'il n'y aura personne au magasin...

— Pourquoi ?

— Mais parce que je vais à l'enterrement de Crémant !

Je n'ai pu retenir un cri :

— Toi !

— Oui, c'était un excellent ami de mon père et... je suis une camarade de pension de sa fille...

— Ah ! bien...

Elle est allée se préparer. Pendant ce temps j'ai téléphoné aux porteurs habituels pour leur dire de faire le nécessaire, le patron n'étant pas là.

J'étais troublé. Ça me gênait d'assurer le service de la sépulture. Je n'avais aucune aptitude pour ça et j'ignorais tout du cérémonial...

J'ai pris le fourgon mortuaire pour aller à mon hôtel passer un costume bleu marine foncé... Avec une chemise blanche et une cravate noire, ça irait...

***

Je nous revois, Germaine et moi, avec la foule silencieuse du convoi.

Je marchais sur le flanc de la colonne, tel un chien de berger convoyant son troupeau. Je me sentais vaguement ridicule et ça me distrayait un peu de mon angoisse.

Germaine avait pris place dans le groupe des femmes. Elle portait une robe violette et un manteau de drap noir. Ça mettait en valeur ses cheveux blonds et son teint mat. J'aimais sa silhouette, le modelé de son corps, ses longues jambes bien faites... Plus tard, lorsque tout serait tassé, je l'habillerais comme un mannequin. Je lui apprendrais à se farder, à se tenir...

Elle ne se doutait pas, en marchant pensivement dans ce piétinement nombreux, qu'elle suivait la dépouille de son mari. J'étais seul à le savoir...

Lors de la levée du corps, un des porteurs m'avait chuchoté à l'oreille :

— Il pèse autant qu'une vache, ce type-là...

Ça m'avait fait frémir. D'un ton détaché j'avais murmuré :

— C'est plutôt le revêtement de plomb à l'intérieur du cercueil... Une idée de sa femme...

Maintenant j'avais hâte que tout fût terminé.

Pendant l'office religieux, interminable, je m'étais maudit de l'avoir conseillé aussi copieux à Mme Crémant. Et ensuite, le chemin du cimetière m'avait paru terriblement long...

Deux hommes dans un cercueil ! J'imaginais

les deux morts tassés dans ce coffre de bois pour l'éternité. Ils avaient passé leur vie dans des milieux sociaux différents, avec des aspirations différentes et l'étrangeté du sort les unissait à jamais dans une même tombe...

Nous avons enfin atteint le cimetière. Les porteurs ont déposé la bière sur le sol... Les fossoyeurs attendaient, près d'un caveau béant. Ç'a été le défilé des assistants avec le goupillon... Les parents sont allés ensuite se poster à l'entrée du cimetière pour serrer des mains. C'était une fameuse corvée qui n'incomberait jamais à Germaine.

Bientôt je suis demeuré seul près du caveau, avec les terrassiers. Ils ont passé des cordes sous la bière et l'ont descendue dans le tombeau où reposaient déjà deux autres cercueils...

In petto j'ai formulé une prière pour le repos de Castain et pour le mien.

Désormais, Germaine n'avait plus que moi. Le monde nous appartenait. Comme je quittais le cimetière, le soleil a montré un pâle visage à travers les nuages... J'y ai vu comme une promesse et, qui sait ? peut-être une absolution.

CHAPITRE IX

Le soir de ce même jour, Germaine, sur mes instances, a prévenu le commissariat de la disparition de son mari. Mais ça n'est vraiment que le lendemain que le pays a commencé à s'émouvoir...

Les nouvelles vont vite dans ces bleds... En quelques heures, ç'a été une traînée de poudre. Tout le canton a su que son croque-mort avait disparu de la circulation. Le magasin a été plein de gens qui venaient aux nouvelles. Chacun émettant des hypothèses toutes plus abracadabrantes les unes que les autres. Germaine, comme tout un chacun, se perdait en conjectures.

— Je crois être presque certaine qu'il n'avait pas de maîtresse, me confiait-elle. Et quand bien même il aurait eu une liaison, jamais il ne serait parti ! Il m'aurait plutôt chassée : son entreprise, c'était toute sa vie !

J'ai essayé d'offrir une solution valable au problème :

— Ces temps-ci, il a eu, je crois, une grosse peine à ton sujet… Suppose qu'il ait essuyé un moment de dépression ?

— Lui, se suicider ! Tu plaisantes ? Tu ne te souviens donc plus de sa joie lorsque les médecins parisiens lui ont affirmé qu'il n'avait rien de très grave ?

Naturellement la police était sur les dents. Le commissaire que je connaissais déjà ne cessait de téléphoner aux hôpitaux de Paris, à la morgue, au service des disparus, à celui des recherches dans l'intérêt des familles…

La semaine qui s'écoula fut agitée… Un inspecteur de la police mobile vint nous poser mille questions. J'avais eu tort d'inventer cette histoire du voyage à Paris avec un ami… Les policiers remuèrent tout le pays pour savoir qui s'était rendu dans la capitale ce jour-là. Un marchand de porcs en gros, que Castain connaissait, fut interrogé des heures durant pour l'unique raison qu'il était allé à Paris ce matin-là… On contacta le médecin de Paris, lequel, évidemment, déclara n'avoir pas reçu la visite de son malade. On lui demanda si la maladie dont souffrait l'entrepreneur était bénigne, il répondit que c'était justement pour procéder à des analyses plus poussées que Castain avait pris un rendez-vous. C'était un vrai mystère... Seulement, comme un tas de gens disparaissent chaque jour en France et ailleurs, les policiers mirent l'affaire sur la voie de garage et nous nous retrouvâmes vraiment en tête à tête, Germaine et moi.

Nous statuâmes sur la décision à prendre relativement au magasin et après un examen serré de la situation, nous décidâmes de poursuivre jusqu'à nouvel ordre l'exploitation de l'entreprise. Après tout, Castain pouvait fort bien réapparaître (du moins les autres étaient en droit de le penser) et Germaine n'avait aucune qualité pour cesser de gérer le commerce de son mari.

Je demandai donc au principal porteur d'assurer le service des cérémonies, et la vie se poursuivit vaille que vaille. Je continuai comme par le passé de prendre chez Germaine le repas de midi et de gagner mon hôtel, le soir venu... Que pouvais-je faire d'autre ?

On parlait toujours du mystère, naturellement, mais la thèse qui prévalait était celle du suicide. Les gens pensaient que Castain, se voyant malade et s'apercevant que je le trompais avec sa femme, — car la chose ne faisait aucun doute pour les commères du patelin — s'était supprimé. On avait dragué la rivière, sondé des puits, des fosses septiques, des mares, des fourrés... Et chacun s'attendait que le hasard fît découvrir la carcasse du disparu.

Cette vie crispante m'accablait davantage encore que du vivant de Castain. Nous sombrions dans une torpeur bizarre qui affadissait notre amour. Comprenez bien : nous n'osions plus nous aimer à cause de cette épée de Damoclès suspendue sur nos étreintes. Chaque fois que, depuis la chambre ou la salle à manger, nous entendions s'ouvrir la porte du magasin, Germaine devenait d'une pâleur de cire et elle fermait les yeux, prête à défaillir. J'avais alors envie de lui dire la vérité, mais, connaissant son esprit intransigeant, je n'ignorais pas que si j'avais le malheur de lui avouer mon crime, elle refuserait de me revoir jamais...

Un soir, comme je m'apprêtais à la quitter

pour rentrer à l'hôtel de la Gare, je m'assis sur le coin du bureau.

— Germaine, écoute-moi, j'en ai assez de cette existence.

— Elle n'est pas drôle pour moi non plus...

— Alors cessons de faire les idiots, partons ! Tu vas chercher un gérant et nous irons vivre ce que j'appelle « notre vie »...

— Mais...

— Je t'en prie, ne proteste pas. Raisonne un peu, simplement. Et comme disent les bonnes gens, regarde les choses en face... De deux choses l'une : ou bien Castain est mort, ou bien il ne l'est pas. S'il l'est, tu peux agir à ta guise et disposer de toi comme bon te semble, en te foutant du qu'en-dira-t-on...

J'ai pris un léger temps. C'était difficile à dire sans sourciller.

— S'il vit...

Elle m'a regardé, ses yeux avaient je ne sais quelle petite lueur vacillante. Oui, c'était les yeux de quelqu'un qui a une arrière-pensée carabinée et qui s'efforce de ne pas la laisser transparaître.

— S'il vit ? a-t-elle encouragé...

— S'il vit, Germaine, c'est qu'il t'a plaquée

et, ce faisant, tu es également libre, tu comprends ?

« Dans les deux cas, tu joues gagnant... »

Elle n'a pas répondu. Je la voyais se débattre dans des tas de considérations biscornues.

— Alors, que proposes-tu ?

J'ai essuyé mon front d'un revers de main. Je le croyais en sueur, et pourtant non, j'étais glacé au contraire. Elle cédait, je gagnais...

Vous pensez bien que j'avais tout combiné ces derniers temps... Je ne dormais pratiquement plus et, vous le savez comme moi, l'insomnie est le meilleur engrais de l'imagination.

— Voilà, tu vas dire que tu es incapable de t'occuper seule de l'entreprise, vu ?

— Oui.

— Tu vas chercher un gérant...

— Et après ?

— Sitôt que tu en auras trouvé un, moi je partirai d'ici avec armes et bagages... Je ferai mes adieux à la ronde, tu comprends ?

— Ensuite ?

Elle piaffait d'impatience. Les ailes de son nez palpitaient.

— Trois jours plus tard, tu viendras me rejoindre à Paris...

Forcément, c'est la petite bourgeoise de sous-préfecture qui a pris le dessus.

— Mais qu'est-ce que je dirai aux gens d'ici ?

J'ai fulminé :

— M... ! Tu leur diras m... à ces peigne-culs ! Invente-leur une histoire quelconque si tu tiens tellement à leur considération distinguée ! C'est formidable de s'accrocher ainsi aux ragots d'une poignée de bouseux ! Si tu préfères ton standing à mon amour dis-le tout de suite, que je sache à quoi m'en tenir...

— Ne sois pas méchant, Blaise...

Elle réfléchissait.

— Et si... et si mon mari revenait ?

— Tu lui enverrais des cartes postales en couleur ! Encore une fois, le bon droit est pour toi. Il a déserté le domicile conjugal, non ?

— Bien sûr...

— Pour la gérance, signe au gars qui postulera une remise conditionnelle de l'entreprise... Ainsi, en cas de retour de Castain, le remplaçant devra s'effacer...

— Comme tu voudras, Blaise...

Je l'ai prise aux épaules et l'ai regardée intensément. Je me perdais dans ce bleu merveilleux... J'ai mis ma joue contre la sienne.

— Alors c'est décidé, Germaine ?

— C'est décidé, Blaise !

— Tu me rejoindras ?

— Je te rejoindrai !

— Tu le jures ?

— Je le jure...

— Sans regret ?

— Sans regret !

— Dis donc...

— Quoi, mon chéri ?

— L'autre ?...

— Quel autre ?

— Tu sais bien ?

— Maurice ?

— Oui.

— Ne parlons pas de lui, veux-tu ?

— Juste une fois, pour me dire... Est-ce que tu l'aimes encore ?

Elle a secoué la tête.

Cette négation que j'accompagnais, que je ratifiais, m'a fait du bien.

— Tu m'aimeras toujours, Germaine ?

— J'ai tellement besoin de ton amour, Blaise, que « toujours », ça n'est pas assez !

TROISIÈME PARTIE

CHAPITRE X

Tout s'est passé comme je l'avais voulu et, trois semaines plus tard, Germaine et moi nous habitions enfin ensemble à Paris.

J'avais déniché un petit studio meublé à Montmartre, rue Caulaincourt. Les fenêtres donnaient sur la chaussée et nous pouvions respirer l'étrange odeur des acacias que le printemps exaltait.

Pendant les quelques jours où j'avais attendu ma maîtresse, je m'étais fait beaucoup de souci pour l'argent. L'amour est une chose merveilleuse, mais qui ne s'accompagne pas d'un verre d'eau fraîche comme une glace plombière... Pour bien le savourer, il faut bannir les soucis matériels... Or je n'avais pas d'argent et pas la moindre idée sur la façon de m'en procurer.

Je n'en menais pas large, je l'avoue, en allant

attendre Germaine à la gare. Il me restait quelques milliers de francs. Ensuite plus rien : je plongeais dans l'inconnu avec une femme à ma charge.

Elle a été ravie par Paris. Lorsque je l'ai vue s'avancer dans la foule, sur ce quai de gare bruissant, mon cœur s'est mis à cogner éperdument et il me semblait qu'il devenait brûlant.

J'étouffais de bonheur. Elle venait à moi en souriant, transformée, radieuse, sa valise à la main.

J'ai pris son bagage, je l'ai embrassée et, bras dessus, bras dessous, nous sommes sortis de la gare. Nous ne trouvions rien à nous dire. Il faisait un soleil merveilleux, et l'air était si pur qu'on ressentait de l'allégresse à le respirer.

Notre studio se composait d'un living et d'une petite cuisine-salle d'eau... Le tout peint en jaune paille... Les meubles étaient modernes et l'appartement bénéficiait de grandes fenêtres à l'anglaise. Il rompait avec le trou à rat que Germaine avait habité si longtemps...

— Ça te plaît ?

— C'est formidable : un vrai conte de fées, mon chéri...

Elle a froncé les sourcils.

— Dis-moi, ça doit coûter un prix fou.

J'ai masqué mon inquiétude.

— Ne t'occupe pas de ça, c'est mes oignons !

— Mais pas du tout... Je sais que tu n'es pas riche... Attends...

Elle a ouvert sa valise et a sorti une petite boîte à biscuits tenue fermée par un gros élastique...

— Tiens !

— Qu'est-ce que c'est ?

— Regarde...

J'ai dégagé l'élastique et ouvert la boîte. Elle était pleine de louis d'or. Il y en avait tellement que ça ne faisait pas vrai...

— C'est la cagnote de Castain, a-t-elle expliqué. Je l'ai trouvée à la cave en faisant des rangements...

Elle est devenue grave.

— C'est à cela que j'ai vraiment compris qu'il était mort.

— Pourquoi ?

— Il aimait l'or. Jamais il n'aurait abandonné ce tas de pièces. Sais-tu combien il y en a ?

— Non.

— Cinq cent quarante... Ça représente combien ?

Je me suis livré à un rapide calcul.

— Près de deux millions...

— Alors nous sommes riches !

— Tu crois que...

— Ben voyons... Même s'il revenait, il ne pourrait porter plainte contre moi : le vol entre époux n'est pas reconnu...

J'ai songé à Thuillier. Je l'avais abreuvé de sarcasmes, il était mort de mon mépris, et voilà que je prenais sa succession. Je me laissais entretenir par une femme... J'ai eu envie de refuser le trésor, mais il nous apportait un bien-être dont notre amour avait grand besoin...

***

Quand j'évoque cette période, je dois convenir que ç'a été un moment exceptionnel de ma vie. J'ai fait découvrir Paris à Germaine... Je l'ai habillée comme je voulais qu'elle le fût... C'est devenu rapidement une femme élégante, aux toilettes ravissantes... J'ai pris des rendez-vous pour elle chez les coiffeurs des Champs-Élysées... Je l'ai emmenée dans de grands restaurants, dans des théâtres, aux courses... Nous avons loué une petite voiture et nous avons excursionné dans les environs : Versailles, Rambouillet, Montfort-l'Amaury, Fontainebleau...

Ç'a été comme un fabuleux voyage de noces.

Quelle joie pour un homme que de pouvoir se consacrer entièrement à la femme qu'il aime ! Elle était ma seule occupation, mon unique souci...

Tout à ma vie nouvelle, je ne pensais plus à mon acte. Castain était bien loin désormais... La terre l'engloutissait. Il se diluait dans ses monstrueuses entrailles et s'estompait dans nos mémoires... Je savais qu'au bout de quelques années on le déclarerait mort et, une fois qu'il serait rayé de l'état civil, Germaine hériterait de ses biens... Nous prendrions alors une petite affaire tranquille et nous vivrions heureux, à l'abri du besoin...

Un matin, nous étions encore au lit, à faire la grasse matinée, comme chaque jour, lorsqu'un coup de sonnette impératif nous a fait sursauter. J'ai enfilé ma robe de chambre et suis allé ouvrir. J'ai cru que ma gorge allait éclater. Sur le seuil se tenait le commissaire de police qui avait assisté à la mise en bière de Crémant. Il souriait d'un air cordial et vaguement gêné. C'était un vieux fonctionnaire sans panache qui achevait en province sa dernière année de service... A quelques mois de la retraite, il portait les stigmates d'une vie morne passée dans des bureaux où aucun mystère n'était jamais entré.

Son chapeau à la main, il attendait. C'était un homme trapu, dont le crâne chauve s'adornait d'une couronne de cheveux gris, frisés, serrés comme de l'astrakan. Il avait un regard clair et un sourire aurifié.

— Bonjour, monsieur Delange, je ne vous dérange pas ?

J'ai fait un effort pour me secouer.

— Pas du tout...

— Je voudrais voir Mme Castain, c'est bien ici qu'elle habite ?

— Mais... oui !

Je me suis effacé pour le laisser passer, il n'y avait pas moyen de l'en empêcher.

Il a donc pris pied dans le studio. Germaine était encore couchée sur le divan. Elle portait une chemise de nuit arachnéenne à travers laquelle on voyait ses seins.

Le commissaire l'a saluée sans sourciller, comme s'il faisait une visite protocolaire dans un salon huppé.

— Pardonnez-moi de vous importuner de si bon matin...

Je relevai l'ironie secrète de ses paroles ; en effet, dix heures venaient de sonner.

— Il y a du nouveau ? a demandé Germaine.

Dans son excitation, elle s'était assise sur le lit, sans prendre garde que sa poitrine était pratiquement dénudée.

— Peut-être...

Heureusement qu'il ne me regardait pas, car il se serait aperçu à quel point mon visage était décomposé... Je me suis machinalement regardé dans une glace, d'un seul coup je venais de vieillir de dix ans.

Le policier s'expliquait...

— On nous signale à Nantes un homme dont le signalement correspond en tout point à celui de votre mari. L'individu en question est un amnésique découvert dans un train. Il se trouve dans un hôpital psychiatrique et je pense qu'il serait bon que... que vous...

Mon sang s'est remis à circuler.

— Très bien, monsieur le commissaire, nous irons cet après-midi à Nantes.

Il s'est tourné vers moi.

— Oui, à toutes fins utiles... Notez bien que,

personnellement, je ne crois pas qu'il s'agisse de Castain.

— Pourquoi ? a demandé Germaine.

Il a hoché la tête. Sa main aux doigts boudinés s'est promenée sur son crâne lisse.

— A mon avis, madame Castain, votre époux est mort... Je m'excuse de vous faire de la peine...

Toujours cette ironie voilée qui me portait sur les nerfs.

Il s'est levé.

— Bon, c'est tout, je dois rentrer... Je me trouve à Paris pour une sale affaire qui se prépare, c'est pourquoi je suis venu moi-même jusqu'ici.

Il était debout. Il nous regardait de son petit œil jovial.

— Une sale affaire ? ai-je balbutié.

— Une affaire d'empoisonnement est toujours une sale affaire...

A son tour, Germaine a murmuré :

— D'empoisonnement !

— Enfin on le suppose... Rien n'est prouvé encore, il faut procéder à une exhumation, faire des analyses, enquêter chez des pharmaciens...

Bien du tintouin, quoi ! Mais je bavarde, je bavarde...

Il s'est dirigé vers la porte.

— A bientôt peut-être !

J'avais en moi comme une corde à violon trop tendue qui vibrait.

— Dites donc, commissaire, une affaire d'empoisonnement, on va parler de vous !

— Si elle est prouvée, oui... Jusqu'ici, nous n'en sommes qu'aux ragots et aux dénonciations anonymes...

— Et... bien entendu, elle a lieu dans votre circonscription, cette affaire ?

— Bien entendu !

Il hésitait. Enfin il a baissé le ton comme s'il craignait d'être entendu.

— Je peux bien vous le dire, c'est au sujet de Crémant, justement.

Je le savais déjà. Quelque chose de plus instantané que la pensée, de plus fort que l'intelligence : l'instinct, pour tout dire, m'avait averti.

— Vous savez qu'il était en instance de divorce et vous connaissez sa femme ? Leur entourage pense que... Mais je vous le répète, cela reste à prouver...

Il a eu un geste très « flic ». Bien qu'étant nu-tête, il a porté un doigt à sa tempe.

— Salut, et excusez-moi encore. Si le type de Nantes s'avérait tout de même être Castain, téléphonez-moi...

— Entendu.

Il est parti, laissant dans l'encadrement d'une porte un homme littéralement liquéfié.

***

A cet instant, j'ai eu une fois encore envie de révéler la vérité à Germaine, et de nouveau je me suis abstenu, toujours pour la même raison.

Cette visite du policier me paraissait insolite. Je me sentais au bord d'un gouffre dans lequel un rien pouvait me précipiter...

— Tu as l'air soucieux, a remarqué Germaine. Tu crois que l'homme de Nantes ?...

— Je n'en sais rien.

Elle s'est mise debout sur le divan et a noué ses beaux bras à mon cou.

— Et puis, mon chéri ? Même s'il s'agissait de Castain, tu sais bien que maintenant j'ai franchi le pas : jamais je ne retournerais habiter avec lui.

Elle a secoué la tête.

— Je me demande ce qu'a dû penser le commissaire en nous voyant ensemble ?

Je me le demandais aussi, mais j'ai chassé les craintes de ma compagne.

— Il pense que tu es une jeune femme, que je suis un jeune homme et que Castain était un vieux rat malade... Avec ces trois facteurs, la conclusion s'impose toute seule...

Je l'ai quittée pour faire ma toilette. Cette visite avait pulvérisé ma joie de vivre. Une douche froide m'a quelque peu décrassé le cerveau. Ruisselant, je me suis planté devant la glace du lavabo et j'ai longuement contemplé ma gueule d'assassin.

Me toisant d'un air mauvais, je me suis tenu à mi-voix le langage suivant :

— Mon petit Blaise, te voilà dans de vilains draps... Parce que, enfin, de deux choses l'une : ou bien ce policier a inventé cette histoire d'empoisonnement parce qu'il soupçonne la vérité et qu'il veut voir tes réactions ; ou bien on soupçonne sérieusement la mère Crémant d'avoir empoisonné son bonhomme et alors l'exhumation est inévitable...

Sur les deux tableaux j'étais perdant.

— Tu me parles ? a crié Germaine depuis le studio.

— Non...

— Je croyais...

J'étais las, bien que je vienne à peine de me lever. Je me sentais en liberté provisoire. Tout autour de moi les murs se resserraient... Ils allaient m'étouffer !

Si au moins j'avais pu examiner la situation à tête reposée ! Mais non : je devais truquer, jouer la comédie à Germaine... Pour commencer, il nous fallait aller à Nantes pour regarder un homme qui, *en aucun cas, ne pouvait être Castain.*

Poussé par le besoin de me confesser, j'ai couru dans la pièce voisine.

— Germaine !

Elle était nue et faisait des mouvements gymniques pour sa ligne. C'était un spectacle vraiment sensationnel.

— Oui, chéri ?

Je me suis approché d'elle et j'ai enlacé sa taille souple.

— Non, rien !

CHAPITRE XI

Nous arrivions à la gare Montparnasse. Je me suis immobilisé en pénétrant dans la salle des pas perdus, sollicité par un vif besoin de partir... Mais pas de partir pour Nantes...

— Écoute-moi, Germaine, il ne faut pas que j'aille avec toi...

Du coup, elle ne comprenait plus.

— En voilà une idée !

— Non, tu dois te rendre seule là-bas... Tu ne peux aller reconnaître un homme soupçonné d'être ton mari en compagnie de ton amant, c'est une question de respect humain...

— Bon, j'irai seule à l'hôpital, mais cela ne t'empêche pas de m'accompagner à Nantes !

— C'est au-dessus de mes forces, ma chérie, je te jure... J'ai tellement peur que ce soit lui !

— Ce n'est pas lui !

Elle paraissait sûre d'elle.

— Sait-on jamais...

Elle a encore beaucoup insisté, mais sa décision était prise et, à force d'arguments, j'ai pu lui faire entendre raison. Je l'ai installée dans le train. Nous avons convenu de nous retrouver de *toute façon* à l'appartement, le lendemain, ensuite, je l'ai quittée sans attendre le départ du convoi.

Trois heures plus tard je débarquai à mon vieil hôtel de la Gare ! J'avais compris que pour me faire une idée précise de la situation, je devais contrôler l'exactitude de ce que m'avait révélé le commissaire.

Existait-il vraiment des rumeurs relatives au soi-disant empoisonnement du marchand de fonds ? Sinon, je devais me méfier, car cela prouvait que la police avait l'œil sur moi... Si oui, je devais tout mettre en œuvre pour qu'une exhumation de Crémant ne me soit pas fatale...

J'étais venu par la route, au volant de ma 4 CV de louage et, en conduisant, j'avais échafaudé plusieurs plans d'action susceptibles de me tirer d'affaire. Je tenais à mon bonheur, si chèrement acquis, et j'étais prêt à tout pour le sauvegarder.

En arrivant dans cette ville où s'était accompli l'événement culminant de ma vie, je me suis senti accablé par une espèce de vieux chagrin. J'ai trouvé la localité plus petite qu'avant, plus grise, plus inquiétante.

J'ai stoppé l'auto près du transformateur électrique avoisinant l'hôtel et je me suis installé à la terrasse de celui-ci.

La servante m'a salué gentiment.

— Alors, dans nos murs, m'sieur Delange ?

— Pour quelques heures... J'ai des affaires à régler.

Le patron alerté s'est empressé :

— Quelle bonne surprise ! C'est ma tournée, m'sieur Delange.

— Merci, nous boirons la mienne après.

Il était tout pétillant de curiosité.

— Rien de nouveau pour le... la chose ?

— Non, rien !

— Vous avez des nouvelles de Mme Castain ?

Son innocence était si mal feinte qu'il a détourné les yeux.

Je lui ai tapoté sur le bras :

— Ne soyez pas faux-c... ; vous savez pertinemment que nous vivons ensemble, elle et moi...

— On m'en a parlé...

— « On » parle beaucoup, on parle trop...

— C'est bien mon avis. Vous êtes heureux ?

— Très. Une femme de vingt-huit ans avec un homme de cinquante-quatre, ça ne donne pas un bon mariage...

— Nécessairement !

— Nous nous sommes plu, nous nous le sommes prouvé, un point c'est tout.

Servile, il a approuvé.

— Et vous avez eu bien raison.

— Pourtant, ai-je poursuivi, nous n'avons pas assassiné Castain ni fait disparaître sa carcasse dans de la chaux vive...

Il a rougi.

— Personne ne dit ça !

— Mais tout le monde le pense...

— Pff, les gens, vous savez...

— Je sais.

— Maintenant ils ont un autre dada...

Nous y arrivions. J'ai respiré. Dans le fond, bien que cela n'améliorât guère ma position, je préférais que le commissaire ne m'eût pas menti.

— Un autre dada ?

— Oui. Au sujet de Crémant, vous savez, le marchand de fonds ?

— Oui ?

— On trouve qu'il est mort très rapidement, de manière suspecte... Des mauvaises langues assurent que sa femme y serait pour quelque chose...

— Voyez-vous : le poison ?

— Oui.

— Et qu'en pense le médecin qui l'a soigné ?

— Oh, c'est le Dr Boilieu, un vieillard presque gâteux... Naturellement, il affirme que tout cela est idiot et que Crémant a succombé à une péritonite... Il faut attendre...

— Et du côté des flics ?

— Je crois que le commissaire est très embêté... Il est allé à Paris consulter ses supérieurs... Il est évident que si les bruits se confirment, on procédera à l'autopsie du cadavre... Ce qui fait pencher pour, c'est une déclaration de la bonne des Crémant, elle prétend que sa maîtresse lui avait envoyé acheter de la poudre à doryphore peu de temps avant le décès du mari... De la poudre à doryphore ! Je vous demande un peu... Ils ont un jardin avec du gravier et un portique, à quoi ç'aurait bien pu servir ?...

Maintenant je savais ce que je voulais

savoir... Je me félicitais d'être venu ici. J'étais à pied d'œuvre pour intervenir efficacement. Seulement voilà : comment ?

*
* *

Plusieurs heures d'intenses réflexions m'amenèrent à conclure que je n'avais qu'une façon d'assurer ma sécurité. Pour cela, il me fallait absolument sortir le cadavre de Castain du cercueil où il se trouvait et m'en débarrasser d'une autre façon. Drôle de besogne ! A première vue, elle paraissait presque impossible. Je n'avais plus qualité pour « travailler » dans le cimetière et quand bien même j'aurais continué d'être employé aux Pompes funèbres, on m'aurait demandé pourquoi je rouvrais le caveau de Crémant à un moment où la police projetait justement de le faire. Oui, c'était bigrement délicat...

J'ai pris la voiture et me suis dirigé vers le cimetière. Il se situait, comme tous les endroits de ce genre, en dehors de la ville. Il était bordé : sur sa façade par la route nationale, sur deux côtés par un terrain vague qui deviendrait un jour son annexe, et enfin sur le quatrième côté par le mur d'une usine de produits chimiques !

Aucun gardien ne demeurait dans les environs, ce qui .était une veine. La plus proche maison se trouvait à deux cents mètres de là, sur la route nationale...

Ce que je mijotais était terriblement risqué, mais je n'avais pas le choix. Si je n'enlevais pas le corps de Castain, l'exhumation prouverait ma culpabilité, car personne d'autre que moi n'avait pu le placer à un tel endroit.

Dire qu'il se produisait dans ce pays plus de cent décès par an, tous très naturels, et il avait fallu que je tombe sur le seul qui fût suspect !

N'était-ce pas un signe du destin ? Le meurtre avait attiré le meurtre...

Je suis retourné à la ville. Dans une quincaillerie du faubourg j'ai acheté un ciseau à froid, un marteau à grosse tête, du mastic et un gros tournevis.

Ensuite je suis retourné à l'hôtel de la Gare. J'y ai pris un repas substantiel et j'ai dit « au revoir » au patron en assurant que je reprenais la route de Paris. En réalité, je suis allé me terrer dans un petit coin de la campagne pour y attendre la nuit...

***

J'avais pris l'habitude des morts, durant mon stage chez Castain, mais mon cœur battait plus vite que d'ordinaire lorsqu'à neuf heures du soir j'ai escaladé la grille du cimetière.

Par chance, si j'ose dire ! le caveau des Crémant se trouvait à l'autre extrémité du cimetière, c'est-à-dire loin de la route, près du terrain en friche. Je l'ai vite repéré.

Il se détachait en blanc dans l'obscurité. Il fallait avoir les nerfs solides pour résister à cette atmosphère angoissante, et surtout pour se livrer au travail que j'avais décidé d'entreprendre.

Le silence n'était troublé que par les cris espacés des oiseaux de nuit ou par de lointains bruits de klaxon. L'air mouillé collait aux bronches... Il avait comme un goût de suie... Le cimetière dégageait une vilaine odeur de végétaux pourris et de terre mouillée. Cette odeur-là, c'était déjà l'odeur de la mort.

Je me suis ébroué. Ce n'était pas le moment de se laisser aller à la peur. Je n'osais pas penser le mot, pourtant il me rentrait dans le crâne, aigu et glacé. La peur ! La sale peur qui rend vos jambes molles, paralyse votre gorge et met du feu dans votre poitrine.

Je me suis agenouillé devant la dalle à desceller. J'ai pris le ciseau à froid et j'ai entortillé sa partie supérieure dans mon foulard de soie pour amortir les chocs du marteau sur la tête plate.

Je n'avais jamais entrepris de travaux de ce genre, aussi mes gestes étaient-ils infiniment maladroits. Souvent, j'abattais le marteau à côté de l'outil et il résonnait sinistrement sur la dalle du tombeau.

De temps à autre, je m'arrêtais de frapper pour prêter l'oreille, mais chaque fois je recevais sur le visage, tel un linge mouillé, le froid silence de la nuit.

La sueur ruisselait sur mon front et dans mon dos... Des parcelles de ciment me criblaient le visage... Je m'étais dès le départ écrasé l'index gauche et la plaie me provoquait des lancées dans tout l'avant-bras. Tant bien que mal, je suis parvenu à desceller la partie supérieure de la pierre. Il ne me restait plus que les côtés... Je me suis dressé un instant, car la position accroupie m'ankylosait...

Le silence m'environnait toujours. Il aurait dû

me rassurer, pourtant, au contraire, il me causait un malaise.

« Et si le commissaire t'avait tendu un piège ? » pensais-je.

Que se passerait-il si, brusquement, un coup de sifflet déchirait le silence et si des ombres enjambaient les murs d'enceinte ?

Je serais appréhendé. On m'emprisonnerait. On me forcerait à avouer. Je passerais aux Assises… Et puis…

J'ai respiré profondément pour bien me déboucher les oreilles. J'avais des antennes. Je captais des bruissements confus qui devaient être provoqués par des insectes, ou des rongeurs… Je me trouvais dans un champ de mort. Partout autour de moi on avait planté des cadavres…

« Blaise, me suis-je dit, tu es un homme. Il faut que tu ailles jusqu'au bout ! Jusqu'au bout ! »

Alors j'ai repris le ciseau, le marteau… Mon foulard était déchiqueté, j'avais beau l'entortiller, maintenant le fer du marteau sonnait sur le fer du ciseau…

Il m'a fallu près d'une heure pour libérer les côtés de la dalle. Il m'en a fallu une autre pour arriver à dégager ce cube de ciment de son alvéole.

Une bouffée d'air croupi, fade et douceâtre m'a chaviré.

Maintenant, le plus pénible de l'opération restait à accomplir.

Je me suis laissé glisser par l'ouverture... Le caveau était profond. De la pointe du pied, j'ai cherché un point d'appui. J'ai cru en trouver un, mais ça n'était que la poignée d'une bière. Elle a cédé sous mon poids et je suis tombé au fond du caveau... Une douleur fulgurante m'a déchiré la cheville. Bon Dieu, je venais de me faire un claquage !

J'ai gémi... J'avais envie d'appeler au secours... Tant pis pour la suite ! Tant pis pour tout ! J'avais trop peur, j'avais trop mal... Je regardais au-dessus de moi le rectangle de nuit claire...

Il y avait de l'eau au fond de la tombe. Elle provenait d'infiltrations, sûrement.

J'ai tenté de me remettre debout, mais au premier essai, ç'a été impossible.

L'horreur de la situation était telle que, par une sorte de loi des paroxysmes, j'y ai puisé un courage nouveau. Me cramponnant à l'un des plateaux de ciment supportant un cercueil, je suis parvenu à me dresser. J'étais mouillé et maintenant je claquais des dents... J'ai remué, la douleur de ma jambe est devenue intolérable. A chacun de mes gestes, il se produisait une surenchère de ma souffrance.

Il fallait que je tienne, coûte que coûte... Je n'avais pas le droit de faiblir...

La bière contenant les restes des deux « victimes » se situait à hauteur de ma poitrine. Ça compliquait mon travail. Pourtant, courageusement, je me suis mis à la besogne. Je devais procéder à tâtons, car la lampe électrique dont je m'étais muni s'était écrasée dans ma poche. Heureusement, les vis du couvercle constituaient une proéminence facile à repérer. Je les ai ôtées les unes après les autres en prenant soin de les glisser dans ma poche pour ne pas les perdre. J'ai soulevé le couvercle... L'odeur qui s'est dégagée du cercueil était atroce. Mais maintenant je plongeais dans l'horreur avec une espèce de louche délectation.

Je me disais :

« Jusqu'au bout, Blaise... Va jusqu'au bout ! Tu paies ton crime en ce moment... Tout se paie... C'est ta façon de l'expier... »

Mes mains ont fourragé dans l'affreuse boîte. Elles ont écarté le suaire. J'ai senti un contact dur et froid... M'arc-boutant contre la paroi du tombeau, j'ai assuré ma prise et l'ai soulevée... Le cadavre a basculé et m'a entraîné... Nous sommes tombés l'un sur l'autre dans l'eau fangeuse recouvrant le fond du caveau. Cette masse pestilentielle m'écrasait. On ne pouvait aller plus loin dans l'horreur. En ce moment encore je me demande comment ma raison a pu surmonter un pareil choc...

Je l'ai fait basculer sur le côté. Il y a eu un « floc »... Je me suis dressé, j'ai rajusté le couvercle, remis les vis en place et actionné le tournevis... Naturellement, il m'a échappé des mains à plusieurs reprises et j'ai été obligé de farfouiller dans l'eau pour le récupérer. Enfin, tout a été fini de ce côté-là...

J'ai essuyé mes mains mouillées sur le plastron sec de ma chemise et je me suis fouillé pour récupérer ma boîte d'allumettes... Je ne tenais pas tellement à « voir » l'endroit où je me trouvais, mais c'était pourtant indispensable car je craignais d'avoir laissé tomber dans la fosse quelque objet personnel.

J'ai frotté l'une des bûchettes sur le grattoir de

la boîte... La petite lueur soufrée m'a offert une vision dantesque. Ces cercueils superposés, ce cadavre couché dans l'eau, sur le côté, tout cela m'a donné le vertige... En trois allumettes, j'ai exploré les lieux : non, je n'avais rien perdu et j'étais certain de n'abandonner ici aucun objet personnel, de ne laisser aucune trace révélatrice...

La douleur de ma cheville se calmait un peu. J'ai saisi Castain par le buste... Il était léger, heureusement, et je n'ai pas éprouvé de grosses difficultés à le faire sortir du caveau. Le plus dur, ç'a été de m'en extraire moi-même, à cause de cette cheville qui semblait exploser dès que je prenais appui dessus.

Pourtant, j'y suis parvenu, et alors, l'air mouillé et sucré du cimetière m'a paru délectable comparé à la pestilence de la fosse.

J'ai refait basculer la pierre pour reboucher l'ouverture, puis, tant bien que mal, j'ai mastiqué tout autour. Naturellement c'était un pis-aller et ça ne valait pas du ciment, mais peu m'importait qu'on s'aperçût de ce bris de sépulture. La police penserait qu'il était en relation avec l'autre affaire !

Maintenant que tout était terminé côté cimetière, je frémissais d'impatience... Ah ! emporter ce cadavre loin d'ici, le jeter dans un trou, n'importe où !... Qu'importait ! J'avais un alibi pour le jour de la disparition de Castain, les enquêteurs seraient bien malins s'ils arrivaient à prouver ma culpabilité !

J'ai ramassé mes outils, je les ai enfilés dans ma ceinture et, dominant ma répugnance, j'ai saisi Castain par la taille. Je le tenais serré contre moi et gardais la tête levée en évitant le plus possible de respirer... J'allais, boitillant, réprimant une plainte à chaque pas, butant dans les tombes, glissant dans la glaise molle du cimetière.

Le mort ne pesait guère qu'une cinquantaine de kilos, et pourtant j'avais un mal inouï à le charrier...

Parvenu au bout du cimetière, j'ai recommencé mon manège : je l'ai adossé et l'ai hissé par les chevilles... Il est retombé de l'autre côté du mur avant que j'aie eu le temps de me boucher les oreilles. Le bruit sourd de sa chute s'est répercuté dans tout mon être.

J'ai escaladé le mur à mon tour... Ma cheville devait être très enflée et m'immobiliserait pendant plusieurs jours, mais peu importait, du moment que j'avais réussi dans mon entreprise...

J'avais garé la 4 CV à l'abri du mur... Caser un cadavre dans cette petite auto représentait un nouveau tour de force.

Je me suis glissé derrière le volant... Heureusement que c'était ma jambe gauche qui était blessée, car si c'eût été la droite, je n'aurais pas pu conduire...

CHAPITRE XII

Je peux vous l'avouer, au volant de ma voiture, avec cet étrange compagnon à mes côtés, j'étais fier de moi. Ce que je venais d'accomplir était un exploit que bien peu d'hommes étaient capables de réussir.

J'ai parcouru plusieurs dizaines de kilomètres en respirant l'air frais qui entrait par la vitre baissée. La route se déroulait, pâle dans la clarté de mes phares. Je croisais de rares voitures et j'allais doucement, soucieux d'éviter un accident...

J'ai traversé plusieurs villages. Après quoi, je me suis arrêté. Il fallait que je me débarrasse du mort. Ma montre indiquait deux heures, l'aube ne tarderait plus et je devais regagner Paris avant le jour pour mettre de l'ordre dans ma toilette. J'étais sale, trempé, crotté, sanglant...

Que faire ?

Je regardais autour de moi, sondant l'obscurité en quête d'une idée.

Que faire de ce mort en pleine décomposition ?

J'eus alors une idée... Une nouvelle, aussi bonne que la première à mon point de vue. Je redémarrai et quittai la route nationale pour emprunter un chemin vicinal sur la gauche. Je ne savais pas où conduisait cette voie étroite, riche en ornières, mais mon sens de l'orientation m'indiquait qu'il rejoignait la voix ferrée de Paris.

En effet, au bout de quatre kilomètres, j'ai aperçu un remblai de chemin de fer. Un pont métallique passait au-dessus du chemin. Je me suis rangé sur le bas-côté de la route et j'ai examiné la topographie du coin. La voie traversait une étendue marécageuse, c'est pour cela qu'on l'avait surélevée, bien qu'elle se trouvât en plaine. Au bas du remblai il y avait une végétation aquatique, composée principalement de roseaux et de joncs...

J'ai tiré Castain de l'auto et, l'ayant chargé sur mon dos, je me suis engagé dans les marécages en suivant le remblai... J'ai franchi péniblement quelques centaines de mètres... Je ne pouvais aller plus loin, car le sol devenait de plus en plus mouvant. J'enfonçais jusqu'à mi-mollet. Marcher dans de la fange est un sport pénible, mais lorsqu'on le pratique avec une cheville foulée et une charge de cinquante kilos sur le râble, il tourne à l'exploit antique !

J'ai jeté le cadavre au pied du remblai, j'ai relevé un peu ses jambes vers le haut pour laisser croire qu'il était tombé de la voie ferrée... Puis, soulagé, je suis enfin revenu à l'auto...

Cette succession d'efforts m'avait anéanti... Je suis revenu sur la grand-route et me suis offert quelques instants de repos...

A cinq heures du matin, j'arrêtai la voiture devant notre domicile. La porte de l'immeuble était automatique heureusement, et point n'était besoin d'éveiller la concierge lorsqu'on voulait entrer.

Une grande lueur mauve barrait l'horizon... J'ai gravi en geignant les cinq étages sans ascenseur, je suis entré chez moi et je n'ai fait qu'un bond jusqu'à la salle de bains !

Quel bonheur de pouvoir me dévêtir et m'enfoncer dans cette eau chaude ! Ma cheville avait doublé d'épaisseur... Elle continuait à me faire très mal, pourtant, une fois dans le bain, la douleur s'est un peu calmée. Je me suis savonné comme jamais encore je ne l'avais fait. J'aurais voulu pouvoir m'arracher la peau... Ensuite, je me suis inondé d'eau de Cologne... C'était fameux de se sentir en sécurité... J'avais gagné la partie. Jamais personne ne saurait qu'avant d'être découvert au pied du remblai, Castain avait passé un mois dans le cercueil d'un de ses clients.

J'ai enfoui mon linge de corps dans le sac réservé à cet effet, et j'ai mis mon complet sur un cintre. Il avait piteuse mine. Il était couvert de boue, criblé d'accrocs... Je l'ai accroché près du radiateur de chauffage central afin de le faire sécher...

Ensuite, j'ai pris une bouteille de rhum et, à cloche-pied, j'ai gagné le divan... Je me suis endormi après avoir avalé près d'un demi-litre d'alcool...

***

Un coup de sonnette m'a réveillé. J'ai regardé la pendulette d'onyx du studio. Elle marquait onze heures. Il faisait soleil dans la pièce. Mon crâne carillonnait comme un clocher un matin de Pâques. J'ai eu un vertige... Comme la sonnette retentissait de nouveau, j'ai passé ma robe de chambre et je suis allé ouvrir.

C'était Germaine. Elle avait le visage gris à cause du train. Ses traits étaient tirés...

— Tu es encore couché ! s'est-elle étonnée.

— Oui, figure-toi qu'en revenant de la gare, hier, j'ai fait un faux pas et je me suis tordu la cheville...

J'ai montré ma jambe enflée, la cheville blessée était plus grosse encore qu'au petit matin et prenait une vilaine couleur violette. Germaine a eu peur.

— Je vais prévenir un médecin, il faut te bander !

Je me suis aperçu à cet instant que j'oubliais de lui demander les résultats de sa visite à l'hôpital de Nantes :

— Alors ?

— Penses-tu ! Le garçon qu'on m'a montré a quinze ans de moins qu'Achille !

Elle m'a raccompagné jusqu'au lit et elle est allée dire à la concierge d'appeler un médecin.

Lorsqu'elle est remontée, je lui ai tendu les bras :

— Nous ne nous sommes pas encore embrassés, Germaine !

— C'est vrai... Et pourtant ça n'est pas l'envie qui m'en manque... Ce que ce voyage m'a paru long...

***

Comme je le supposais, je m'étais donné une entorse. J'ai dû garder le lit une huitaine de jours avant de pouvoir circuler, la cheville sérieusement bandée. Mais cette semaine de claustration m'a paru courte. Je l'ai véritablement dégustée. Germaine était une adorable infirmière, pleine d'attention et de douceur. En sa compagnie, le temps passait sans presque vous effleurer...

Nous avons fait beaucoup de projets d'avenir. Nous étions décidés à quitter Paris et à prendre un petit commerce dans une ville de la Côte d'Azur. Germaine avait envie d'une librairie, car elle aimait lire et ce commerce lui semblait à juste titre aristocratique... Je partageais ses goûts. Je me voyais déjà installé dans une boutique pimpante, au milieu d'ouvrages multicolores... Seulement, pour obtenir cela, il fallait que la carcasse du pauvre Castain soit découverte et sa mort dûment homologuée !

J'avais hâte que nous franchissions cet ultime test. Ensuite nous serions vraiment libres.

Mon souhait ne tarda pas à être exaucé. La semaine suivante, nous reçûmes une convocation de la police nous invitant à nous présenter l'un et l'autre à la gendarmerie de Nofflet « pour affaire nous concernant ».

Le papier fit blêmir Germaine...

Pour moi, il était très explicite car, justement, je me rappelais avoir vu un panneau indicateur portant le nom de cette commune sur le chemin du remblai.

— Tu crois qu'on l'a retrouvé ? m'a-t-elle demandé.

— C'est possible...

— Que devons-nous faire ?

— Tu en as d'excellentes : y aller !

Et nous y sommes allés.

CHAPITRE XIII

Lorsque Germaine était rentrée de Nantes, je lui avais fait téléphoner au garage qui nous avait loué la voiture pour dire de venir récupérer celle-ci devant mon domicile. Il était normal que je ne la conserve pas davantage puisque je me trouvais hors d'état de conduire ; d'ailleurs, après l'usage que j'en avais fait, je ne tenais pas à la garder plus longtemps.

Pour nous rendre à Nofflet, j'ai loué une autre auto, cette fois j'ai choisi une 203, car il se pouvait fort bien qu'un braconnier quelconque ait remarqué la quatre chevaux la nuit du... transport. Il fallait s'entourer de précautions, c'est par d'innocents détails que s'écroulent souvent les plus savantes machinations.

A trois heures de l'après-midi nous avons sonné à la grille d'une maison rurale sommée d'un beau drapeau tricolore tout neuf.

Un gendarme sans képi nous a crié d'entrer depuis le seuil de son bureau.

Nous nous sommes engagés dans un sentier caillouteux où traînaient des jouets. Le gendarme nous regardait venir avec suspicion. C'était un grand diable au front déplumé, au nez en pied de marmite, dont le regard rond et fixe me fit songer à celui d'un canard.

— C'est pourquoi ?

J'ai tendu la convocation. Il a hoché la tête et s'est radouci.

— Oh oui, je vois.

Il est sorti de la pièce et a appelé, levant la tête vers les étages :

— Brigadier !

Après quoi il est rentré et nous a proposé deux chaises poisseuses de crasse.

— Nous aimerions savoir, ai-je commencé.

Il m'a interrompu d'un geste. Il a eu un regard appuyé vers Germaine et, pour se donner une contenance en attendant l'arrivée de son supérieur, il s'est mis à se confectionner une cigarette au moyen d'un petit appareil fixé à la blague.

Le brigadier était jeune, avec un visage mince et franc.

— Madame, monsieur...

Il avait posé son képi bien droit sur sa tête, ce qui le faisait ressembler à une vieille figurine d'affiche pour le recrutement.

— Vous êtes madame Castain ?

Germaine a fait un bref signe affirmatif. Elle était attentive et crispée. Le brigadier la regardait complaisamment. Elle lui plaisait tellement qu'il ne songeait pas à voiler son admiration.

— Vous l'avez retrouvé ? ai-je questionné.

— Oui.

— Il est... mort ?

Il guettait les réactions de Germaine, sans doute craignait-il qu'elle s'évanouisse. Mais Germaine restait immobile sur sa chaise, le menton relevé, fixant le gendarme d'un œil incertain.

— Où ? ai-je insisté.

— Dans un marécage le long de la voie ferrée... Il a dû tomber du train et son corps était à demi caché par les ajoncs...

Voilà, c'était enfin fini... Nous ne savions plus que dire, les uns ni les autres. Je crois que les pandores étaient plus embarrassés que nous.

— Quand l'a-t-on découvert ? a demandé Germaine.

— Hier matin... C'est un cheminot chargé de la vérification des voies qui l'a aperçu... Nous avons prévenu le commissariat de votre localité dès que nous avons été assurés de son identité... Le commissariat nous a donné votre adresse en nous priant de vous convoquer pour tantôt ainsi que monsieur...

Saisi d'une idée subite, il m'a demandé :

— Vous êtes un parent ?

J'ai rougi.

— Pas précisément... J'étais l'employé de M. Castain.

Du coup il est devenu méfiant car il a compris que notre situation, à Germaine et à moi, n'était pas très régulière.

— On l'aurait poussé du train ? s'est enquis Germaine, comme répondant à une pensée secrète du brigadier.

Celui-ci a haussé les épaules.

— Ce sera aux enquêteurs de le déterminer. En tout cas, on ne lui a rien volé. J'ai retrouvé sur lui ses papiers, son argent... Près de vingt mille francs ! Et sa montre...

— Il porte des traces de blessure ? ai-je questionné.

— Non, excepté une petite ecchymose au

menton provenant sans doute de sa chute. Je vais vous demander de bien vouloir reconnaître le corps...

Germaine a paru s'éveiller. Elle avait les lèvres décolorées.

— Je...

— Cela vous paraît au-dessus de vos forces, madame ? a questionné le brigadier.

Elle a hésité.

— Non.

— Alors, si vous voulez bien me suivre...

***

On avait laissé la dépouille de Castain sur la charrette ayant servi à son transport. Le sinistre attelage était remisé dans un hangar attenant à la mairie. Une bâche usagée couvrait les restes d'Achille... Le brigadier l'a fait glisser... Il nous observait en ôtant la toile. Germaine n'osait pas regarder. Elle semblait méfiante. Enfin elle a risqué un œil furtif vers la masse noire de son mari. Je me tenais à ses côtés, prêt à la soutenir.

— C'est affreux, a-t-elle soupiré.

Dans la clarté blonde du jour, la carcasse de Castain ne m'effrayait plus.

Il était aussi pitoyable que tous les « clients » chez qui je m'étais rendu en sa compagnie. C'était un mort très banal... Un mort crotté et puant qui inspirait plus de répulsion que de pitié. De son vivant, Castain avait l'air d'un foutriquet et la mort ne lui avait conféré aucune majesté...

— Viens ! ai-je murmuré en saisissant Germaine par le bras. A quoi bon contempler « ça » !

— « Ça », c'est un homme mort, a grogné le brigadier en rabattant la bâche.

Comme nous franchissions le seuil de la remise, une traction noire pleine de types s'est arrêtée avec un grand bruit de freins devant la mairie. Parmi les arrivants, j'ai reconnu le commissaire qui nous avait rendu visite à Paris... Deux autres personnages et le gendarme de tout à l'heure l'escortaient. Il est venu à nous, l'air soucieux.

— Je vous présente mes condoléances, madame Castain.

— Merci...

Après quoi, il a fait les présentations :

— L'inspecteur principal Charvieux et son collègue Houdet...

Le principal avait une figure ingrate, pleine de taches de rousseur, des yeux gris acier et la plus belle fossette que j'aie jamais vue à un menton.

Notre commissaire de police avait dû lui parler de nous, car il s'est adressé à moi comme si nous nous connaissions depuis des millénaires.

— Que dites-vous de ça ? m'a-t-il demandé à brûle-pourpoint.

— Que voulez-vous que j'en dise ? Dans un sens, c'est un soulagement.

— Pour qui ?

— Pour Mme Castain d'abord, pour moi ensuite. C'est déprimant de sentir un disparu planer au-dessus de votre tête...

Il a passé son bras sous le mien, familièrement, comme le font les Italiens pour palabrer le soir.

— Dites donc, vous êtes en ménage avec la petite dame, à ce qu'il paraît ?

— Oui, pourquoi, ça vous choque ?

— Moi non, j'en ai vu d'autres... Mais ça me prouve que vous avez de... heu, de la sympathie l'un pour l'autre. Alors, comme je suis flic, je me demande si cette sympathie ne s'est pas manifestée... avant ! Vous me suivez ?

J'étais incroyablement maître de moi.

— Admirablement. En somme, vous vous dites que, puisque nous nous aimions, nous avons dû faire disparaître Castain, hein ?

— En somme, oui. Dans la police, on a l'esprit torturé, vous savez !

Il restait calme, mais ses yeux gris me déconcertaient.

— Vous n'avez pas répondu à ma question : étiez-vous l'amant de Germaine Castain avant la disparition de son époux ?

— Il y avait de ça... Pourtant l'idée ne me serait pas venue de le foutre au bas d'un train en marche pour autant...

— Ah non ?

— Non.

— Pourtant un mari cornard est gênant.

— Pas lui.

— Pourquoi donc ?

— Parce que, tant qu'il était présent nous n'avions pas le désir de vivre ensemble, Germaine et moi.

— Pourtant l'amour se traduit par ce désir-là.

— Vous ne connaissez pas Germaine. C'est le genre de petite femme à scrupules...

— Ceux-ci avaient pourtant des limites, non ?

— Si sa chair est faible, son caractère l'est

moins. Il a fallu que Castain disparaisse pour que je lui fasse accepter de me suivre. Mettons que j'ai profité de son désarroi.

Il m'a planté là, brusquement, et a pénétré dans le hangar sans dire un mot à Germaine. Le commissaire de police l'y avait précédé. Il est ressorti et s'est dirigé vers nous.

— Eh bien voilà, a-t-il soupiré, les morts ne se cachent jamais très longtemps, vous voyez...

Germaine semblait accablée depuis qu'elle avait aperçu la dépouille de son mari.

— Voici un de vos mystères dénoués, monsieur le commissaire...

Il a froncé les sourcils.

— Un de mes mystères ?

— Mon Dieu, je pense à l'affaire d'empoisonnement dont vous nous avez parlé...

Il a haussé les épaules.

— Oh, cette affaire-là est réglée depuis trois jours...

J'ai cru que j'allais dégringoler à ses pieds.

— Ah oui ?

— Oui, une confrontation entre la bonne des Crémant et le droguiste où elle prétendait avoir acheté la poudre à doryphore l'a confondue. En réalité c'est du D.D.T. que Mme Crémant lui avait commandé. De plus, le docteur a réitéré sa certitude quant aux causes naturelles de la mort...

— Et... vous n'avez pas exhumé le corps ?

— Vous croyez que ça se fait comme ça ? S'il fallait prêter l'oreille à des ragots on passerait son temps à mobiliser les fossoyeurs !

J'en aurais pleuré. J'avais pris des risques énormes, j'avais grelotté de frousse tout une nuit, j'étais descendu dans une tombe pour manipuler des cadavres, je m'étais foulé une cheville, je... Enfin, du moins Germaine était-elle veuve pour de bon désormais. Nous allions palper la galette du père Castain et, un jour prochain nous marier... Tout compte fait, je n'avais pas perdu mon temps...

Le principal Charvieux est réapparu, le chapeau rejeté en arrière.

Nous l'avons interrogé du regard, tous les trois.

— Bizarre, a-t-il murmuré, il n'avait pas de billet de chemin de fer sur lui... Pourtant, si j'en crois le tableau qu'on m'a fait de lui, ça n'était pas le genre d'homme à brûler le dur !

— Il l'a peut-être perdu dans sa chute ? ai-je suggéré

— Nous allons passer au crible le lieu de l'accident ! Il est étrange également qu'on ne l'ait pas vu à la gare... Et puis, ne devait-il pas se rendre à Paris en compagnie d'un ami ?

— C'est ce qu'il m'a dit...

Le commissaire a pris la parole.

— Cet ami, vous en a-t-il parlé avant ou après notre rencontre au domicile des Crémant ?

— Après !

— Quand ?

J'ai réfléchi à ce que j'allais répondre. Le terrain était glissant.

— Nous sommes allés installer le corps à l'église... Pendant que je dressais le catafalque, Castain est ressorti pour prendre la grosse tenture noire dans le fourgon. Il a tardé à revenir... Il m'a alors dit qu'il venait de rencontrer un ami qui l'emmènerait à Paris par la route...

— Et puis ? a insisté Charvieux.

— Et puis rien... Il m'a serré la main et il est parti...

— Et vous ?

— Moi quoi ?

— Qu'avez-vous fait alors ?

— J'ai disposé les fleurs, après quoi je suis rentré au magasin, Mme Castain vous le dira…

— Et dans l'après-midi ?

— J'ai fait de la comptabilité à la maison…

— Sans quitter la ville ?

— Je n'ai pas quitté le pays avant mon départ pour Paris, une dizaine de jours plus tard.

Il a fait signe à son collègue, lequel prenait des notes avec les gendarmes.

— Prends l'adresse de ces messieurs-dames !

L'autre, un petit mesquin, tout crasseux, a noté le renseignement sous ma dictée.

Lorsque cette formalité a été remplie, j'ai demandé :

— Et maintenant, quel est le programme ?

Charvieux a haussé les épaules :

— Rien de spécial… Préparez les funérailles… Elles pourront avoir lieu tout de suite après l'autopsie.

Ce mot m'a chagriné, mais j'ai fait bonne contenance. Après tout une autopsie ne pouvait rien révéler de positif… J'avais tué Castain en l'étouffant sous une épaisseur de drap. Or, la mort par étouffement *est une mort naturelle. Ou plutôt une mort naturelle est fatalement consécutive à un étouffement !*

Je n'avais rien à craindre. RIEN !

Les flics y perdraient leur latin. Ce qui me sauvait, c'était que toute l'affaire ait eu lieu en deux temps... *Primo :* assassinat suivi d'une disparition absolue du cadavre... Ensuite, découverte du corps loin de la ville, mais alibi infaillible pour moi concernant la période de la disparition...

Ces messieurs seraient forcés de conclure à l'accident, avec ou sans billet de chemin de fer. Ce n'était tout de même pas pour un petit rectangle de carton qu'ils allaient se flanquer une affaire insoluble sur les bras ! Pour une fois que l'occasion leur était offerte de classer ça en douceur !

Je regrettais de plus en plus d'avoir inventé ce détail de l'ami complaisant ! C'était le grelot fêlé qui leur froissait les oreilles...

Qu'importait ! Ça brouillerait peut-être les pistes !

J'ai offert mon bras à Germaine.

— Viens.

Nous étions désemparés et ces regards de flics braqués sur nos nuques nous écrasaient.

CHAPITRE XIV

Au moment de la disparition de Castain, les journaux avaient signalé le fait ; ceux du département principalement, mais avec une certaine réticence ; du bout de la plume... Ils se méfiaient. Ce pouvait être une banale histoire de fugue ; leurs lecteurs, par la suite, leur en auraient voulu de l'avoir montée en épingle.

Le surlendemain de la découverte du corps, ils se sont rattrapés ! La presse a entonné en chœur l'air du « mort de la voie ferrée ». Ça donnait un vrai titre de roman policier d'avant-guerre...

Tous les journalistes ont axé leurs papiers sur le fait que le cadavre n'avait pas de billet alors que personne ne l'avait détroussé. On mentionnait également que la police avait ordonné l'autopsie et on attendait les conclusions... Cela pouvait sembler alarmant, mais je fus rassuré par les journaux du soir. L'un d'eux avait interviewé le médecin légiste. L'homme de science n'avait pas commencé encore son vilain travail, mais il laissait entendre qu'à priori le cadavre ne comportait aucun élément suspect...

Cette lecture me fit comprendre que nous tenions le bon bout. Je devins carrément optimiste le surlendemain en lisant la déclaration d'un employé de la gare d'Austerlitz qui prétendait avoir vu Castain courir après son train, le jour de la disparition.

Je ne sais pas où ce type était allé pêcher ça ! En tout cas, il était formel. Il assurait reconnaître parfaitement le « mort de la voie ferrée » dont une photographie avait été publiée. Sans doute confondait-il avec un autre voyageur ? Ou plus simplement tenait-il à se rendre intéressant. Le monde est plein de gens obscurs qui cherchent à sortir de l'ombre par la porte étroite du fait divers !

Si on prenait pour bonne cette déclaration, d'après la presse, on pouvait tenir le raisonnement suivant : « Castain était bel et bien venu à Paris avec un automobiliste ami, jaloux de son anonymat pour une raison ou pour une autre, une fois dans la capitale, Castain avait renoncé à visiter son médecin... Le soir, pour rentrer, il avait voulu emprunter le train, mais s'étant présenté à la gare à la dernière minute il n'avait pas eu le temps de prendre son billet... Il avait en effet couru après le convoi qui s'ébranlait, pensant sans doute acquitter le montant du trajet à un contrôleur... Une bonne partie du voyage s'était effectuée sans incident, Castain, réputé « près de ses sous », s'était alors dit qu'il serait bien bête de ne pas voyager à l'œil jusqu'au bout. Pour fuir le contrôleur, il s'était juché sur le marchepied du wagon, avait perdu l'équilibre et s'était tué.

Outre la fameuse déclaration de l'employé, ce qui confirmait cette thèse, c'était le fait que le cadavre gisait à gauche de la ligne de chemin de fer, or les trains roulent à gauche... Il était donc tombé au retour de Paris, non à l'aller...

J'étais définitivement sauvé...

***

Germaine, depuis sa confrontation avec le mort, avait perdu tout son entrain. Elle ne sortait plus de notre studio et c'était moi qui allais faire les courses. Elle passait ses journées, lovée sur le divan, dans son déshabillé transparent. Elle me repoussait fermement lorsque je voulais la prendre dans mes bras ; elle parlait peu et d'un ton si lamentable que j'éprouvais un malaise à l'entendre.

Je n'essayais pas de combattre cet abattement consécutif au choc qu'elle avait ressenti. Je pensais qu'une fois Castain enterré pour de bon, les choses reprendraient le dessus... Nous avions l'avenir pour nous... Je comprenais d'ailleurs son attitude. Elle était en proie au remords. Maintenant que le décès d'Achille était prouvé, elle mesurait sa légèreté. Elle avait honte d'avoir si vite abandonné le domicile conjugal pour suivre son amant. La population de sa ville devait la considérer comme une infâme petite grue, et elle avait trop le sens de la *self-respectability* pour ne pas souffrir cruellement de cette réprobation collective.

Le soir de notre voyage à Nofflet, elle avait écrit à son notaire pour le charger des funérailles et de la liquidation des biens.

— Je ne retournerai plus jamais là-bas ! m'avait-elle averti.

— Mais pour l'enterrement !

— On l'enterrera sans moi.

Je la savais obstinée, aussi n'ai-je pas insisté. Après tout, elle avait raison. Il était inutile de composer avec les convenances. Puisqu'il fallait attendre, j'attendrais.

***

Le troisième jour, on ne parlait plus de Castain dans aucun journal. J'ai respiré : cette fois, l'affaire était terminée. Je me sentais léger, heureux.

Je tenais absolument à raffermir le moral de Germaine.

— Si tu veux, lui ai-je dit, la semaine prochaine nous partirons pour la Côte d'Azur... Nous chercherons la librairie de nos rêves...

— Oui, Blaise.

Elle ne connaissait pas le Midi. Je le lui ai décrit en termes dithyrambiques. Mais j'avais beau vanter les palmiers, le mimosa, la mer bleue et le soleil, elle ne parvenait pas à se défaire de sa langueur...

J'ai commencé à être sérieusement inquiet. Elle n'allait pas se mettre à regretter Castain ! Ce misérable qui lui avait donné plus de coups que de caresses !

N'y tenant plus, j'ai attaqué :

— Germaine, peux-tu m'expliquer ce qui se passe en toi ?

Elle a levé sur moi ses yeux clairs, chargés d'étonnement.

— Ce qui se passe en moi ?

— Ne fais pas l'innocente, depuis... l'autre jour, on dirait que tu n'es plus avec moi ! Tu as du chagrin ?

Elle a secoué la tête.

— Oh non !

— Tu as du remords ?

Chose incroyable, elle a paru ne pas comprendre ma question.

— Du remords. Comment ça ?

— Je ne sais pas... D'être venue ici maintenant que tu sais qu'il était mort...

Elle a haussé les épaules.

— Mais non, Blaise, j'en ai pris mon parti depuis longtemps...

— Alors ?

Son visage était grave. Elle ressemblait à la première image que j'avais eue d'elle dans le bureau de poste.

Elle m'a jeté le même regard préoccupé, absent.

— Alors, c'est autre chose, Blaise...

— Autre chose ? Mais quoi, ma chérie...

— Je voudrais te poser une question...

— Je t'écoute...

— Jure-moi que tu m'y répondras franchement.

Je me sentais grelotter à l'intérieur. J'avais froid, comme l'autre nuit dans le caveau des Crémant.

— En voilà un cérémonial... Voyons, Germaine...

— Jure !

J'ai balbutié d'une voix enrouée :

— Je te le jure...

Elle s'est recueillie, cherchant des mots précis pour énoncer sa pensée.

— *Blaise, où l'avais-tu mis pendant tout ce temps ?*

J'ai fermé les yeux. L'espace de trois secondes, tout s'est arrêté en moi. Je suis devenu désert et insensible.

— Qu'est-ce que tu dis ?

J'avais crié cela, sans le vouloir... C'était un pauvre bouclier pour masquer ma panique...

— Écoute, Blaise... Lorsqu'on m'a montré le corps d'Achille... Sais-tu ce que j'ai remarqué en premier lieu ? Ses vêtements étaient couverts d'une couche de boue rouge, *comme les tiens à mon retour de Nantes !*

Je n'ai rien trouvé à dire. Sa perspicacité me terrifiait.

— D'un seul coup, a-t-elle soupiré, j'ai compris que tu avais tué, Blaise. Je ne sais pas comment, ni quand. Voilà trois jours que je pense à ça sans arriver à comprendre. Ce qui me déroute le plus, c'est la cachette... Car tu as caché son corps jusqu'à l'autre nuit... N'est-ce pas ?

Pour la première fois, j'ai repoussé la tentation, celle de me confesser à elle.

— Tu es folle, Germaine ! Complètement folle ! Ton histoire de boue est ridicule...

Elle a secoué ses mèches blondes.

— Tu m'avais pourtant juré de me répondre...

— Mais je te réponds, Germaine... Je te réponds « non » ! Ton imagination te joue des tours...

— Tu m'avais juré de me répondre *franchement !*

— Oh bon Dieu de mule ! Puisque je te dis...

Elle a esquissé un geste las.

— Bon, ne crie pas... Je dois me tromper...

— Tu te trompes !

Elle avait détourné la tête. Je l'ai obligée de la relever en lui soulevant le menton.

— Il faut me croire, Germaine. Si tu ne me croyais pas, notre amour serait perdu !

— Je te crois...

Bêtement, je lui ai à mon tour demandé :

— Jure-le !

Elle hésitait. J'allais me fâcher quand on a sonné à notre porte.

CHAPITRE XV

La concierge ne carillonnait pas de cette façon, ni les fournisseurs. Germaine est allée ouvrir. Je l'ai entendue saluer quelqu'un, puis elle a introduit Charvieux et son inspecteur dans le studio... Le principal avait à l'œil un orgelet qui compromettait son autorité.

Il tenait son chapeau de feutre avec deux doigts et portait un imperméable vert du style Gestapo.

Il s'amenait à un moment où j'aurais vraiment pu me passer de lui.

— Bonjour, inspecteur, quel hasard ?

Il m'a souri.

— Vous savez, quand nous allons chez quelqu'un, c'est rarement « par hasard »...

Il y avait une pile de journaux à terre. Il les a désignés du doigt.

— On dirait que ça se tasse, hein ?

— C'est à vous qu'il faut demander ça...

Charvieux a baissé un peu la tête, mais son regard ne me lâchait pas. Malgré l'orgelet proéminent, il n'était plus ridicule du tout.

— Oh, si vous me demandez mon avis, je vais vous répondre que ça se complique...

J'ai cherché Germaine du regard. Elle venait de s'asseoir sur le divan. Les mains jointes sur ses jambes croisées, elle écoutait attentivement.

— Ça se complique ? ai-je répété en écho.

— Plutôt...

Je ne souhaite à personne de vivre un silence comme celui qui s'est alors établi. Il y avait de quoi crier d'impatience.

— Eh bien accouchez ! ai-je grondé. A quoi jouez-vous ? A nous faire peur ?

Charvieux a eu une réaction de poulet : il m'a giflé.

Germaine a crié, s'est dressée, puis s'est rassise. La joue me brûlait. Je me suis dit que c'était le moment ou jamais de se montrer digne. Charvieux ne paraissait pas le moins du monde ennuyé de son mouvement d'humeur.

— Je joue à savoir à quoi vous avez joué avec Castain, a-t-il dit.

L'autre truffe d'inspecteur a gloussé. Il trouvait ça génial et ça le fortifiait dans le respect qu'il témoignait à son supérieur.

— Quoi encore, avec Castain !

— On va vous le dire sous peu, habillez-vous l'un et l'autre...

— Vous nous arrêtez ?

— C'est pas le mot qui convient, mais enfin...

Il a souri méchamment :

— Y a de ça !

— Madame aussi ?

— Mme Castain aussi... N'êtes-vous pas unis pour le meilleur et pour le pire ?

— Vous avez un mandat d'amener ?

— Non, mais c'est une simple formalité à laquelle souscrira le juge d'instruction... Je peux envoyer mon inspecteur en chercher deux si vous y tenez vraiment... Ça vous fera gagner une heure...

— Dites-moi au moins pour quel motif !

— Comme si vous ne le saviez pas !

— Mais non ! Je...

— Oh ! suffit, on parlera de ça dans mon bureau ! Je tiens à vous entretenir séparément...

J'allais encore regimber. C'est Germaine qui m'a calmé.

— Voyons, Blaise, fais ce qu'on te dit...

Nous nous sommes habillés en silence.

***

Nous avons été séparés sans presque nous en apercevoir, par un jeu de portes... Nous marchions côte à côte, escortés par les deux policiers. L'assistant du principal a poussé une porte capitonnée de cuir, nous nous sommes effacés pour laisser entrer Germaine. Il l'a suivie. La porte s'est rabattue, Charvieux m'a alors touché le bras et m'a entraîné plus loin, dans un autre bureau.

— Asseyez-vous, Delange !

Je manquais passablement d'assurance. Je comprenais maintenant pourquoi les inculpés se mettent à table aussi facilement. Le cérémonial policier est troublant. A peine avais-je franchi le seuil de ce bureau administratif que déjà j'avais la psychologie d'un coupable.

— Vous n'avez rien à me dire au sujet de la mort de Castain ?

— Que voulez-vous que je vous dise ?

— Qui l'a empoisonné, par exemple !

J'avais dû mal entendre.

— Qui l'a ?...

— Empoisonné, oui. Le rapport des toxicologues est formel : empoisonnement par une solution d'arséniate. Le légiste avait cru remarquer des traces, on a fait l'analyse des cheveux, la quantité de poison qui s'y est fixée ne laisse pas place au doute.

Le policier m'expliquait ceci aimablement, comme il l'aurait expliqué à un ami.

— Donc, l'empoisonnement étant établi, il reste à préciser qui a versé le poison dans les aliments de Castain, ceux-ci étant nécessairement le véhicule de l'arsenic...

Je n'ai rien répondu. Je ne comprenais pas... Castain empoisonné ! C'était idiot. Moi je savais bien comment il avait été tué... Le poison ! Allons donc...

— Qu'en dites-vous ?

Il prenait son temps, ce salaud de flic. Il était sûr de lui. Pauvre idiot, qui emboîtait le pas aux experts... A des experts qui voyaient des toxiques partout.

— Vous preniez le repas de midi chez les Castain ?

— Puisque vous le savez, pourquoi me le demandez-vous !

Il devait avoir l'habitude de ces rebuffades. Cela ne l'a pas déconcerté.

— Ai-je une gueule à verser du poison dans le verre de quelqu'un, inpecteur ?

— Je sais que ça n'est pas l'arme des hommes. C'est pourquoi je crois plutôt à la culpabilité de sa femme... et à votre complicité.

— Ce n'est pas vrai, Germaine est innocente !

— Ça ne peut pourtant qu'être l'un de vous deux...

— Si vous connaissiez Mme Castain, l'idée qu'elle ait pu faire ça ne vous effleurerait même pas.

— Justement, je cherche à la connaître... Je l'interrogerai après mon inspecteur, les femmes sont plus coriaces que les hommes...

Il s'est levé et a marché autour de son bureau.

— Elle l'a empoisonné ! Je le sens !

— Non !

— La ferme, laissez-moi parler... Castain est mort dans une crise... Vous avez caché le cadavre...

— Je ne vous permets pas de me dire ça, votre accusation est une insulte. C'est ignoble d'agir ainsi...

— Oh ! passez la main, mon vieux... On en a

outragé d'autres dans ce bureau, d'autres qui l'ont pris de haut, comme vous, et qui, pourtant, cousent des chaussons à la Centrale de Poissy !

— Nous n'avons pas empoisonné Castain, je vous en donne...

— Votre parole d'honneur ? Reste à savoir ce que vaut votre honneur, Delange... Je sens que je brûle... La femme a eu l'idée du poison, elle l'a versé... Le mari est mort, vous avez planqué son cadavre pour éviter l'autopsie...

— Sérieusement, vous pensez ce que vous dites ?

— Et alors !

— Bon, j'aurais caché le corps pour éviter l'autopsie... Je l'aurais caché au pied de la voie ferrée pour qu'un cheminot le découvre ?

— Pas tout de suite !

J'ai tressailli. Il paraissait en savoir long, malgré son erreur fondamentale.

— Comment, pas tout de suite ?...

— Le cadavre a été amené là... Ses vêtements étaient crépis d'une terre n'ayant rien à voir avec celle du remblai !

J'aurais dû penser à cela... Si Germaine avait noté ce détail, il ne pouvait échapper à la police.

Il fallait que je regimbe. Un silence m'aurait accablé.

— Alors j'aurais trouvé une cachette tellement bonne que la police n'a pas été fichue de mettre la main sur le corps du disparu, et, les recherches ayant cessé, j'aurais commis la c... de l'en sortir pour qu'on le découvre ?

— Oui.

— Alors là, inspecteur, je donne ma langue au chat !

— Vous en aurez besoin pour assurer votre défense...

— Je croyais que la police s'appuyait toujours sur la logique, même lorsqu'elle se trompait ?

— Je m'appuie sur la logique, Delange... Il faut sept ans avant qu'un disparu soit considéré comme mort et que ses ayants droit héritent.

— Rien que ça ?

— Oui. Vous ne l'ignoriez pas... Vous n'avez pas voulu poireauter sept ans avant de palper le fric du père Castain, hein ? Alors vous êtes allé récupérer le mort dans sa planque et vous l'avez déposé au pied de la voie ferrée pour faire croire qu'il s'était cassé le nez en chutant du train...

— Merveilleux, vous devriez écrire des livres...

— A ma retraite, peut-être !

— Pourtant j'ai lu une certaine déposition d'un certain employé d'Austerlitz...

— Un poivrot ! Pour prendre un train il faut au moins un billet de quai. Comment expliquez-vous que Castain ait eu le temps d'en prendre un plutôt que son billet !

— Je n'ai rien à expliquer... Vous m'accusez, je me défends... Je n'ai pas empoisonné Castain, je n'ai pas été le complice de son empoisonnement... Mieux : il n'a pas été empoisonné.

— Ensuite ?

— Ensuite rien : libérez-moi ou arrêtez-moi, je ne vous dirai plus rien. Je nie, un point c'est tout ! Vu ?

En guise de réponse il a décroché le téléphone. Il n'a pas composé de numéro car c'était un appareil intérieur. Il a seulement dit au standardiste :

— Passez-moi le juge Solivot !

Il s'est produit un grésillement dans l'appareil :

— Monsieur le juge Solivot ? Ici le principal Charvieux... Voulez-vous me délivrer deux mandats d'arrêt pour le couple de l'affaire Castain ?

Le couple de l'affaire Castain ! Ça m'a frappé plus que ce qu'il demandait. Ainsi nous étions déjà qualifiés parmi ces messieurs. Je sentais tout ce que cette appellation contenait d'implacable, de calculé...

— C'est une erreur judiciaire, ai-je déclaré d'une voix blanche.

Il semblait sincère lorsqu'il a balbutié :

— Fasse le ciel que non, Delange. Je sais que vous êtes coupables, elle et vous. Je suis un vieux renard, il est impossible que je me trompe !

— Et c'est sur une sensation que vous nous inculpez ?

— Non : sur des présomptions et presque des preuves...

Il a sonné, des gardes sont entrés... Il m'a désigné du doigt sans proférer un mot. Les flics m'ont fait signe de me lever...

J'ai compris qu'il était inutile de protester. Ils étaient les plus forts.

Alors, pour la première fois depuis que j'étais devenu un adulte, j'ai eu envie de pleurer.

Je pensais avec attendrissement aux rues qui continuaient, dehors, à être des rues pour les gens... Aux gens qui étaient des gens libres.

CHAPITRE XVI

Rien de tel qu'une première nuit de prison pour vous faire méditer sur la précarité de la vie en général et sur celle du bonheur en particulier. Le bonheur ! Est-il possible seulement ?

Je n'ai pu fermer l'œil de la nuit. Ça n'était pas de me retrouver dans une cellule qui me déprimait le plus, mais c'était ce coup de théâtre imprévisible : l'empoisonnement de Castain.

J'avais préparé ma défense sur un tout autre terrain, et voilà qu'on me posait des colles sur un sujet que je n'avais pas potassé pour l'excellente raison que je l'ignorais.

Pendant des heures, étendu tout habillé sur le lit étroit, j'ai étudié le problème. Je savais bien que la police se trompait. Je n'avais pas empoisonné Castain, et c'était mal connaître Germaine que de la croire coupable. Et pourtant il avait du poison dans le corps ! Il devait y avoir une explication à ce phénomène ?...

Y avait-il eu erreur à la pharmacie où il achetait ses médicaments ? On avait déjà vu des cas semblables... Je me perdais en conjectures. Et puis soudain, j'ai compris. Ç'a été éblouissant. *Je savais qui avait empoisonné Castain !* Le coupable s'appelait Crémant, et *il était mort avant sa victime !* Les bruits fâcheux qui avaient mis en péril la sécurité de la veuve du marchand de fonds étaient fondés. L'extravagante Roumaine avait bien empoisonné son mari, comme le chuchotait la rumeur publique !

J'avais lu des comptes rendus d'affaires de ce genre. Ils m'avaient enseigné que l'arsenic est un poison qui se déplace... Des cadavres déterrés en étaient porteurs simplement parce que la terre du cimetière en contenait !

Plus je creusais la question, plus j'étais sûr que l'arsenic trouvé sur Castain provenait de son compagnon de cercueil.

Pas de doute : c'était Crémant l'empoisonné... Ensuite, lorsque les deux morts s'étaient trouvés face à face, il avait transmis une partie de son arsenic à Castain...

Lorsque j'étudiais le déroulement de l'affaire,

je découvrais la monstrueuse machination du hasard… Depuis le bureau de poste où j'avais vu Germaine quitter la cabine téléphonique, celui-ci m'avait happé dans ses maléfiques rouages. Longtemps il m'avait semblé que je commandais au destin, mais en réalité je n'étais que son docile serviteur.

Brusquement j'avais peur de la justice… Pas de celle des hommes, non : celle-là est à notre mesure. Mais d'une autre, plus implacable… Plus infaillible… Plus immanente !

« Tu ne t'en sortiras pas, me disais-je… Maintenant Charvieux te tient et il ira jusqu'au bout parce qu'il est allé déjà trop loin pour pouvoir s'arrêter. Fort du vieil adage : « Cherchez à qui le crime profite », il s'acharnerait sur Germaine et sur moi… »

C'est à elle que j'ai songé. La pensée qu'au même instant, elle regardait la veilleuse bleue d'une cellule alors qu'elle était innocente me faisait mal. Pauvre amour… Elle n'avait pas eu de chance avec les hommes. Elle avait été conçue et mise au monde pour être une épouse paisible, et, jusque-là, elle n'avait été la femme que d'un malade, d'un maniaque et d'un assassin…

Si je niais, c'était elle qui deviendrait la cible des policiers. Le principal l'avait affirmé : le poison, c'était l'arme des femmes... Non, je ne voulais pas... Je ne voulais pas... Germaine avait été trop déçue, trop exploité, trop bernée... Elle avait droit au repos, sinon au bonheur...

*
* *

A dix heures, le lendemain, on m'a reconduit dans le bureau de Charvieux. Il avait changé de complet et portait une veste de daim aux revers racornis et une chemise jaune canari... Son orgelet allait un peu mieux, mais continuait de lui composer un étrange regard asymétrique et dilaté.

— Comment va, Delange ?

— Mal...

— Mauvaise nuit ?

— Très mauvaise...

— Vous avez réfléchi à mes questions d'hier ?

Pourquoi était-il si sûr de lui ? Il me semblait qu'il n'éprouvait pas le moindre doute sur l'issue de son enquête. Ce diable d'homme connaissait ses contemporains. Il savait différencier ceux qui n'avouent pas des autres...

Je me sentais navré et calme...

— J'ai réfléchi, monsieur l'inspecteur.

— Et ?

— Ça vous ennuierait d'appeler un greffier ? Tout ça est long, compliqué... Je n'ai pas envie de le raconter plusieurs fois de suite...

Une clarté joyeuse a pétillé dans ses yeux. Il a crié quelque chose, depuis la porte de son bureau, et un gros lard d'inspecteur est venu s'installer à la machine à écrire. Un type à trois mentons qui portait au petit doigt une chevalière d'or grosse comme un anneau pontifical.

— Nous vous écoutons, Delange...

J'ai hésité. Je me trouvais au bord du gouffre. J'avais encore la possibilité de m'en tirer.

J'ai fermé les yeux pour me concentrer. Quand on accepte ce que j'allais accepter, il faut être bien sûr de sa décision... Charvieux, les mains croisées sur son bureau, se taisait. Lorsque j'ai rouvert les yeux, j'ai vu qu'il contemplait les arbres du quai par la fenêtre.

Il devait penser les mêmes choses que moi, sous un autre angle.

Je me suis raclé la gorge, j'ai croisé mes

jambes pour me donner l'impression d'être détendu.

Puis j'ai plongé :

— Voilà, inspecteur…

***

Ensuite, j'avais la gorge sèche d'avoir parlé. La machine à écrire s'était tue en même temps que moi. Le gros flic se massait les doigts et dénouait sa cravate en corde. Charvieux tirait sur les revers de sa veste en daim pour les dérouler.

— C'est tout ?

— Oui, inspecteur… Vous ne me croyez pas ?

— Votre version du poison communiqué par le mort ne tient pas debout !

— Hein ?

— Je vais consulter des experts et faire procéder à une exhumation de Crémant…

Il n'était plus cordial du tout. C'était devenu un flic face à un inculpé. Il m'a fait reconduire dans ma cellule où j'ai passé plusieurs jours sans nouvelles de personne.

Les heures que j'ai vécues dans l'expectative doivent peser sur moi comme autant d'années.

Je n'arrivais pas à réaliser que tout était consommé... Jamais plus je ne retrouverais la liberté, ni l'amour d'une femme. On allait me juger... Peut-être me couper le cou... Je ne le croyais pas, car à la base de tout cela il y avait un motif passionnel. Chez nous, en France, les jurés sont sensibles à l'amour.

Il me faudrait du temps pour comprendre qu'en un rien de temps, j'étais passé de la paix heureuse au désespoir le plus noir... Il m'en faudrait bien davantage encore pour l'accepter.

***

Quand enfin je suis retourné dans le bureau de Charvieux, il y avait Germaine et d'autres inspecteurs... J'ai été frappé par son teint bistre et son regard éperdu. Je lui ai souri.

— Bonjour, Germaine...

Elle a esquissé un faible signe de tête.

— Asseyez-vous, m'a dit le principal.

J'avais ma vieille chaise d'accusé, ma chaise de paille dont les barreaux tournaient sous mes pieds quand je m'y perchais pour changer de position.

Charvieux avait une pile de papiers sévères devant lui.

— Delange, nous avons procédé à l'exhumation de Crémant ; je vous le dis tout de suite, comme je le pensais : votre histoire ne tient pas ; il est mort de mort naturelle. Pas la moindre trace de poison... Aux dires de ces messieurs les experts.

Il a brandi d'autres feuillets.

— En si peu de temps cette transmission de l'arsenic aurait été impossible ! D'ailleurs, on en a retrouvé *dans l'estomac* de Castain !

Il ne bluffait pas... Des rapports détaillés, ratifiés, estampillés le prouvaient...

J'ai regardé Germaine. Son visage était explicite. *C'était elle* l'empoisonneuse ! Je me suis rappelé les maux d'estomac du croque-mort, ses nausées, son teint cireux... ses faiblesses. Pendant des semaines, elle lui avait distillé sa mort... C'était sa façon à elle de réagir contre les coups et les mesquineries...

Charvieux nous regardait.

— Je vous ai réunis tous les deux avec l'intention bien arrêtée de connaître la vérité... La vraie ! Vous m'entendez ? Lequel de vous deux a fait absorber cette vacherie à Castain ? Hein ? Allons, à table, mes enfants, il est l'heure !...

Je me suis levé. Je ne pouvais plus tenir en place, il y avait des ressorts plein mes jambes.

— Oh ! bon, ça va... Oui, c'est moi, inspecteur... C'est moi seul... Je voulais le faire disparaître de cette façon... Et puis, quand j'ai su qu'il allait à Paris se faire soigner, j'ai eu peur que les toubibs découvrent la vérité... Alors j'ai... précipité les choses et profité de l'occasion qui s'offrait...

Je ne regardais personne. Il est difficile de mentir dans de telles conditions.

La voix de Charvieux a retenti, suspicieuse...

— Pourquoi avez-vous inventé cette histoire de transfert de l'arsenic dans le caveau ?

— J'espérais qu'on me croirait... Parce qu'enfin, l'empoisonnement, tel que je l'ai pratiqué, implique la préméditation, n'est-ce pas ? Et je crois savoir qu'aux Assises elle fait très mauvais effet !

— Mme Castain était votre complice ?

J'ai haussé les épaules :

— Vous croyez qu'il faut se mettre à plusieurs pour verser une pincée de poudre dans un verre ?

— Elle était au courant de votre acte ?

— Absolument pas !

— Madame Castain, vous n'étiez pas au courant de cette tentative d'empoisonnement ?

— Non...

— Et... de la suite ?

— Non plus...

J'ai regardé Germaine :

— Si elle avait su cela, elle ne serait pas restée une minute de plus avec moi, n'est-ce pas, ma chérie ?

Ses yeux étaient doux comme jamais ils ne l'avaient été. J'ai vu qu'elle acceptait mon sacrifice... Non pas égoïstement, parce qu'il la tirait d'une mauvaise situation, mais comme un hommage que je rendais à notre amour.

Elle sentait qu'en la sauvant, je sauvais en moi quelque chose de bien plus précieux que ma vie ou ma liberté...

— Non, a-t-elle murmuré, je ne serais pas restée avec toi, Blaise...

D'un nouveau regard, je l'ai remerciée d'accepter mon cadeau... Je me suis alors tassé sur ma chaise, fatigué comme un homme qui vient d'accomplir une rude journée...

Quand je me suis retourné pour essayer de la voir encore, elle n'était plus là…

On l'avait renvoyée, toute seule, dans la vie !

FIN

ACHEVÉ D'IMPRIMER LE
25 JUILLET 1976 SUR LES
PRESSES DE L'IMPRIMERIE
BUSSIÈRE, SAINT-AMAND (CHER)

— N° d'impression : 965 —
Dépôt légal : 4e trimestre 1976.
Imprimé en France

PUBLICATION MENSUELLE